图 1—6：遍地古迹的"露天博物馆"，我们在断壁残垣中穿梭来去，钻入历史的魂魄里，醉倒于古建筑群深邃的文化内涵中。

图2

图3

图4

图5

图6

菲律宾

图7—8：一级一级逶迤逦逦连天而去的梯田，和周遭的青山绿水和谐圆融地合为一体，仿佛是大自然鬼斧神工的杰作。它们就像是一阕阕磅礴的乐曲，壮阔雄伟，荡气回肠。

图7

图8

吉尔吉斯斯坦

图 9

图 10

图 9—10：吉尔吉斯斯坦境内河流、湖泊、山泉极多，丰富的水资源使它成了中亚地区旅游疗养的名胜地。

图11

图11：气势恢宏的玛雅古迹，着实展示了玛雅人的大智慧、大勇气，体现了玛雅人坚毅、坚韧与坚强的开创精神。

哥伦比亚

图12

图 12—17：充满艺术气息的街道，举凡历史、寓言、神话、爱情、宗教，都是入画的素材，幽静的环境，充斥着无声的喧哗。

尼加拉瓜

图 18

图 18—19：那狰狞已极的火山口，像一头怪兽的大嘴巴，源源不绝地喷出大口大口浓浓的烟气；硫黄阴毒的气息，蓬蓬勃勃地在山上弥漫着。

图 19   图 20

图 20：气候温暖的尼加拉瓜，是蝙蝠生长的温床。单单在首都马那瓜，便有十多万只蝙蝠麇集在不同的洞穴里，蔚为奇观。

图 21

图 22

图 23

图 24

图 21—26：举世无双的魔鬼博物馆，它既不阴森，也不诡谲，更没有耍弄一些哗众取宠的雕虫小技来吓唬人；反之，在一定的娱乐性里，它展示了令人惊叹的深度与高度！

立陶宛

图 25

图 26

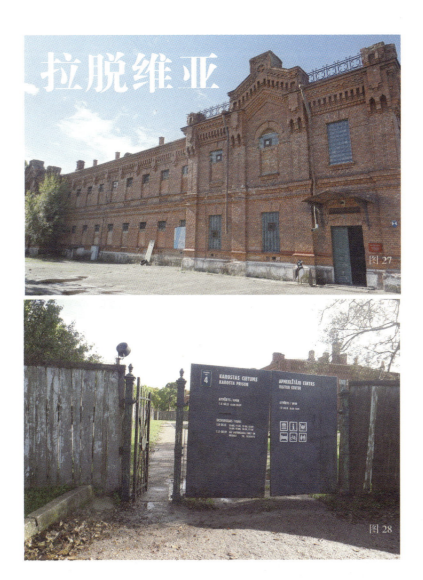

拉脱维亚

图 27

图 28

图 27—28：耸人听闻的特色旅馆，胆子大的，誉此为"全欧洲最酷的旅馆"；胆子小的，次日一早便脸青唇白、跌跌撞撞地退房了。

爱沙尼亚

图 29—31：古色古香的城市建筑，在庄严中透出秀丽，在恢宏里映出雅致，既有着浩瀚的气势，又蕴含恬静的气质。

图 32

克罗地亚

图 33

图 34

图 32—34：建于 14 世纪的旧城，被一堵像月光般温柔的白色城墙围绕着，站在高处俯瞰，红瓦屋顶、石砌屋身、石板路、窄胡同、哥特式与巴洛克式风格的房屋星罗棋布，活脱脱是个童话世界。

尤今小语

［新加坡］尤今 著

被人遗忘的天堂

尤今眼中的世界

海天出版社
·深圳·

图书在版编目（CIP）数据

被人遗忘的天堂：尤今眼中的世界 / （新加坡）尤
今著. — 深圳：海天出版社，2017.11（2020.2）
  （尤今小语系列）
  ISBN 978-7-5507-2159-3

  Ⅰ. ①被… Ⅱ. ①尤… Ⅲ. ①散文集－新加坡－现代
Ⅳ. ①I339.65

中国版本图书馆CIP数据核字(2017)第240430号

图字：19-2017-184号

被人遗忘的天堂：尤今眼中的世界
BEIREN YIWANG DE TIANTANG: YOUJIN YANZHONG DE SHIJIE

出 品 人　聂雄前
责任编辑　南　芳
责任校对　熊　星
责任技编　郑　欢
装帧设计　知行格致

出版发行　海天出版社
地　　址　深圳市彩田南路海天综合大厦7—8层（518033）
网　　址　http://www.htph.com.cn
订购电话　0755-83460239（邮购、团购）
设计制作　深圳市知行格致文化传播有限公司
印　　刷　深圳市新联美术印刷有限公司
开　　本　889mm×1194mm 1/32
印　　张　8.5
字　　数　175千字
版　　次　2017年11月第1版
印　　次　2020年2月第2次
印　　数　5001—8000册
定　　价　39.80元

目　录

[第一部分]

亚洲

◎ 斯里兰卡

印度洋里的宝石

有人把斯里兰卡（Sri Lanka）比喻为滴落在印度洋里的一颗小小泪珠。

长期以来，僧伽罗族和泰米尔族之间剧烈的冲突使斯里兰卡惨惨地陷入内乱的旋涡里，直到 2009 年，这场长达 26 年的血腥内乱才得以平定。

未动身之前，我理所当然地以为这个饱经内乱的国家是满目疮痍、百废待举的，我甚至荒诞不经地把它想象成一个乞丐遍地而失业汉处处游荡的地方。

然而，我错了，错得一塌糊涂。

斯里兰卡，完完全全是旅者的乐园。

不错，这是一个有待发展的贫穷国家，百姓平均月薪折合成新币才百余元；但是，大家都很有尊严地工作，只有极少数身体残缺者静静地坐在街头巷尾，等待施舍。

在宗教文化长期的熏陶下，笃信佛教的斯里兰卡人谦恭有礼、温良和顺、脸上老是笑意浮荡，好像分分秒秒都是好时光、年年月月都是好日子。他们的手老是伸着，伸得长长的，不是要向你讨东西，而是诚心诚意地想给你伸出援手、想给你送上温暖的友情。就算独自在路上走着，你知道你并不孤独。这样的感觉，着实让旅人感到分外暖心。

斯里兰卡匪夷所思的干净，也给了我极大的惊喜。

我逛游了中南部九个大小城市，市容整洁，就连偏僻的后街或是窄小的巷子，也都是干干净净的。

有人说，公共厕所是一个城市整洁指数的试金石，斯里兰卡完完全全是能够通过这项严峻考验的。记忆里最深刻的一次经验是，到小城努沃勒埃利耶（Nuwara Eliya）中央集市那天，刮风下雨，盈耳尽是乌鸦的絮聒。内急，仁立一隅的公共厕所砖露瓦现的，看起来简陋不堪，我硬着头皮屏住呼吸走进去，哎哟，里面竟是令我大开眼界的一方净土！

原来贫穷与邋遢并不是"连体婴"啊！

和当地人讨论这种令人赞叹的现象，有两个人的看法值得一提。

博物馆讲解员瑞弯纳表示，几年前，有关方面颁布新措施，乱抛垃圾者罚以重款，执法如山，上下齐心。然而，他指出，最根本而又最关键的是，性好整洁的斯里兰卡人对于保持环境整洁有着很好的自发性，法律只不过是锦上添花而已。他说："习惯了大环境的干净，忍受不了小环境的龌龊。每个星期天，我都会领着一家大小在家里进行大扫除，务必做到纤尘不染为止。"

语文教师拉妮雅的话最发人深省，她说：

"我告诉学生：国家每一寸土地都是属于你们的，让它时时刻刻保持仪容的整洁，就是你们对国家一份最好的献礼！学生在这种教育方式下，自小对国土生出了根植于心的爱，一生一世都不会随意污化环境！"

斯里兰卡是得天独厚的，六万多平方公里的面积，居然有多达八个古迹被列入世界文化遗产项目。像阿努拉德普勒（Anuradhapura）古城、波隆纳鲁沃（Polonnaruwa）古城、锡吉里亚（Sigiriya）古城，简直就是一个一个露天博物院耶！我们在断壁残垣中穿梭来去，钻入历史的魂魄里，醉倒于古建筑群深邃的文化内涵中。讲解员满脸自豪地说："我们斯里兰卡穷得只剩下满天满地的古迹了。"听了，羡慕得直想流泪。

斯里兰卡又是千娇百媚的。

浩瀚磅礴的海，绵延无尽；高低起伏的山，巍峨险峻——智者和仁者，都各得其所。

斯里兰卡，不是一滴悲伤眼泪，不是的。

它是镶嵌在印度洋里的一颗宝石，晶莹剔透，无比璀璨。

到"大象孤儿院"参观那一天，正好碰上管理员领着数十头大大小小的象到附近的河流去洗澡。有些象，一边欢快地走着，一边畅快地拉屎，一坨坨粪便，沉甸甸、热腾腾的。最令我诧异的是，这些色若夕阳的粪便，全无异味，更无臭味；仔细看时，在金灿灿的粪便里面，掺杂着许多无法消化的草茎、叶子和纤维。

在斯里兰卡中部象群聚集的滨纳瓦拉村（Pinnawala），独具匠心的斯里兰卡人在大象的阿堵物里，兴奋地嗅出了商机。

他们利用象粪来制造纸张。

哟，用象粪来造纸？

是的，千真万确。

大象食量极大，以吃香蕉、椰子和棕榈叶为主，每天消耗的食物多达 150 至 300 公斤（视大象体积大小而定）；然而，它们的消化系统不好，只能吸收大约 40% 的食物，其余的全都会排出体外。这些消化不了的植物残渣，便成了斯里兰卡人造纸的原料。

在滨纳瓦拉象粪造纸厂里，我目睹了"化腐朽为神奇"的整个过程。

一坨坨象粪在清洗过滤后，留下一堆堆纤维状的东西。暴晒一天，让之尽情吸收阳光的精华。再加入沸水、盐和小苏打，狠狠煮上两天，彻底消灭匿藏着的细菌。然后，从植物里抽取色素，把煮就的原料漂染成白、红、橙、紫、黑、橘、黄这七种颜色。再分别碾碎，打成浆。之后，筛浆脱水，铺平，晒干成纸。

这些纯然以象粪制成的手工纸，不像那些以树皮为原料的机制纸一般的光滑、纤细、亮丽，但是，它所呈现的粗糙纹理，却正好展现了一种原始朴实的大魅力。

把象粪纸捧在手里，我啧啧赞叹，我觉得它充分地体现了人与动物和谐共处的圆融，也完美地展示了人类废物利用与再生循环的惊人创意。

滨纳瓦拉象粪造纸厂的老板沙虚罗斯得意扬扬地说道：

"我的造纸厂，就设在大象孤儿院附近，那儿收养了80多头在森林被母象遗弃或因伤残而无能自立的大象和小象，每天排出的粪便不计其数，因此，我造纸的原料，是予取予求的。"

一公斤象粪，大约可以制造200克纸张。由于这是手工作业，因此，制造过程极为缓慢。然而，在机制品处处泛滥的今日，象粪纸恰恰好似噪声里一个清脆悦耳的音符。

沙虚罗斯进一步指出，以象粪造纸的概念，其实源于肯尼亚。然而，这些年来，"象粪工业"在肯尼亚停滞不前的一大原因是，除了造纸之外，肯尼亚人并没有进一步研发出其他产品。富于创意的斯里兰卡人呢，却让象粪"八面玲珑"地化为笔记本、贺卡、笔筒、书签、相册、信笺、台历、铅笔盒、梳妆盒，还有各式各样雅丽精致的摆设品，林林总总，不胜枚举，令人目不暇接，大开眼界。

在非洲，大象的主粮是草，粪便所含的成分不同，制成品的质地和韧性都不若斯里兰卡的。沙虚罗斯将一个笔筒放在地上，整个人站了上去，那笔筒呵，居然丝毫无损，结结实实地保持着原状，它那惊人的韧性，着实令人咋舌！

象粪，是斯里兰卡人的骄傲。

据说当地各界名人都刻意使用以象粪制成的名片；而以象粪制作的各式精美纪念品，也是政要馈赠国外贵宾的礼品。

有个美国游客异想天开地问沙虚罗斯：

"象粪，可以做成汉堡包吗？"

闻者无不捧腹大笑。

在笑声里，我却想道：在这光怪陆离的世界里，有什么是不可能的呢？嘿嘿！

狮子岩古城

实在没有想到，搀扶游客，居然也是一门需要领取执照的行业。在狮子岩古城，我便碰上了以此养家的年轻人拉株。

狮子岩古城坐落于斯里兰卡中部的锡吉里亚，是个充满了惊叹号的古建筑瑰宝。公元五世纪，迦叶波王子弑父篡位后，迁都于此，以长达七年的时间，耗费巨资，在山峰上建造了这座金碧辉煌的宫殿。通过对称工整的花园、小径、楼台、水榭，淋漓尽致地展现了斯里兰卡恢宏而又精细的建筑艺术，有人因此誉它为"世界古迹第八奇观"。

古城建在海拔 370 米的狮子岩上，站在山脚下，看着那 2002 个迤迤逦逦连天而去的石级，我脸色发青、双眉紧蹙。每回一攀高，我便犯气短，怎么办呢？

进退两难之际，个子壮硕的拉株适时出现了，他伸出强而有力的手，对我说道："让我拉你上去吧！"看到我一脸错愕，他解释道，"我是领有执照的，可以合法帮助游客。"说着，指了指零零散散地站在近处、远处高高矮矮的汉子，说，"他们也都是合法的雇员，总共有 120 多名呢！"

狮子岩古城的专属导游普加证实了这一点，于是，我付了 1000 卢比（折合新币 10 元，1 新加坡元约为 4.85 元人民币），由他拉我上山。拉株的手，就好像一根强而有力的绳索，在他的帮助下，我"腾云驾雾"地攀上了高处，气不喘脸不青，得以轻轻松松地欣赏古城的精妙与奥妙。

年届三十的拉株，看上去满脸孩子气，却已是两个孩子的爸爸了。

凭着"搀扶游客"这项工作，他竟能养活一家四口？

"马马虎虎啦！"他耸耸肩，说道，"在旅游旺季里，收入加上小费，每月可赚 12000 卢比（折合新币 120 元），生活勉强过得去啦！可是，在长达六个月的旅游淡季里，守株待兔，一家子可就得勒紧肚皮过日子啰！"

"你英语说得这么好，为什么不找别的工作呢？"我问。

"在斯里兰卡，僧多粥少，没有大学文凭，哪能找到好工作！"拉株慨叹着说，"以前贪玩，进不了大学，辜负了父母，也糟蹋了自己，真是后悔莫及啊！"

拉株尽责而又周全，一碰到较高的石阶，便会把手肘弯成"L"字形，像个铁环一样，让我攀附上去。来到了石崖，导游普加坐在一边，懒洋洋地说："你们随意看看吧！"拉株呢，却亦步亦趋，负起了讲解的责任："1500 多年前，这儿原本有壁画 500 帧，可是，人为破坏加上自然因素的影响，目前只剩下 21 帧了！"壁画中以细腻笔触绘成的仙女，体态丰腴，色泽绚烂。拉株自豪地说："这是原色哪，不曾经过任何后天的修饰呢！"

来到了山腰，导游普加又说：

"山顶的皇宫早就坍塌了，只剩下一堆乱石荒草，没啥可看的。你瞧，上面石壁有个蜂窝，昨天游客很多，惊动群蜂，猛蜇游客，许多游客还得送院治疗呢！"

我被唬住了，决定不再继续攀爬；然而，当我在山腰那巨大的狮爪前拍照时，拉株却悄声说道：

"你们该上去看看的，皇帝的石座还保留着，可以在那儿俯瞰全城风景哪！"

我仰头上望，到山巅去，还有 200 多个又陡又窄无比险峻的石级哪！感动于拉株的服务精神，忍不住夸他："拉株，你比导游更像导游呢！"他笑逐颜开地说："改当导游，是我最大的梦想，我正在修读导游课程呢！"

我安然登上了峰顶，看看拉株，汗珠在他额上镶嵌成一整排璀璨的钻石……

手机

尼甘布（Negombo）是我们在斯里兰卡旅游的第一站。

这个濒海小城，人口只有 12 万。我们下榻的旅馆有个美丽的名字："蓝色地平线"。

车子一停在旅馆门口，便有个服务生快步趋前，殷勤地帮我们提取行李。他极高，像根铅笔，整个人看起来硬邦邦的，瘦得十分均匀。他力气大，动作敏捷，行李左拎右提，手脚利索。

房间安排在二楼幽静的角落，没有电梯，瘦子提着行李健步如飞，进了房间，为我们调冷气、开电视机，十分周到。付了小费，他连声道谢。

窗外是一片蓊蓊郁郁的小树林，奶黄色的月光，温柔地挂在树梢上，一时只觉心静如水。

第二天，在外面玩了一整天，晚餐过后，累极，倒头便睡。

一宿无话。

次日早上起来，日胜猛然想起，昨晚忘记给智能手机充电，于是，把手机插上电头，让它快快乐乐地畅饮电源。

迈出房门，劈头便看到那名像铅笔的服务生站在不远处，我们主动和他打招呼："嗨，吃过早餐，我们就要退房了，你记得来帮我们提行李呀！"他频频点头，应道："好，好的！"我们又顺手把"请勿打扰"的牌子挂在门上，才下楼去。

早餐丰盛，窗外绿影重重，不知名的大树，欢欢喜喜地开满了细柔洁白的花儿，松鼠在树上飞蹿如箭，风过处，花落如细雨，香气氤氲。

心情十分美丽。

用过早餐，回返房间。日胜想查看手机的充电情况，然而，一望向电源，便不由得惊呼一声：

"咦，我的手机呢？"

不见了。

那支崭新的智能手机，像冰块遇着烈阳一样，消失得无影无踪。

跑出房外，刚好瘦子由储藏室走出来，日胜高声问道："手机呢，我的手机呢？"瘦子马上从裤袋里摸出了一支旧款的小手机，说："我有手机，你要借用吗？"日胜说："不不不，我的手机不见了，你有看到吗？"瘦子把头摇得像拨浪鼓。

日胜到大厅去向经理报失，胖胖的经理一听便说：

"我们这儿开业已有30余年，信誉极好，从来不曾接获任何失窃的投诉。我想，你也许是在别处丢失的吧！"

刚才把手机留在房间充电的情景历历在目，我们肯定旅馆有内贼，而且，那贼呼之欲出；可惜房里没装置针孔摄影机，缺乏证据。如今，经理既然不肯着手调查，再多的纠缠也无济于事，我们决定按照原定计划，离开这儿。

抵达古城阿努拉德普勒后，日胜立刻给旅馆的东主安努发了电邮，详细报告事情始末。不久，就接到了复函，他说：

"一般，旅馆的服务生是没有钥匙的，无法进入客房；不过呢，您既然确定手机在房内失窃，我一定会追查到底的。"

安努在旅馆内进行全面调查，服务生全都矢口否认涉案。接着，他聘请了两名私家侦探，到尼甘布所有的手机贩卖店，逐家查询。一番辛苦之后，终于找到了沦为贼赃的那支手机，安努即刻报警。

几天后，安努风风火火地赶到科伦坡（Colombo）找我们，送还手机。

他满脸歉意地解释：他的临时雇员复制了客房的钥匙，潜入房内偷窃。说着，出示了一张照片。一看，嘿，一如所料，偷窃者正是那名瘦子！照片里，上了手铐的他，目光涣散。

手机失而复得，完全只因为雇主高度敬业。

在斯里兰卡发生的这个不甚愉快的小插曲，已奇妙地转化成记忆里的一抹彩虹……

"我们住在离大海大约十公里处。那天早上，大量海水猝不及防地涌进了屋子里，我还来不及发出惊喊，便发现自己竟已跟跄在澎湃的海水里了。当时，我正抱着襁褓期的幺儿，长子手脚敏捷地把婴儿从我怀里接过去。强大的水势把我们冲出屋外，那儿有棵大树，我和儿子抓住树枝，死命往上爬，再从树梢攀上屋顶去。看着来势汹汹的滚滚波涛，我绝望地说：'完了，我们完了！'儿子说：'妈妈，您不要怕！'话刚说完，大树竟在强劲的冲击力里轰然倒下，我紧抱着树干，在水里上下浮沉……海啸过后，我侥幸地活了下来，可我从此再也见不到我亲爱的孩子了。直到今天，我还在找，找我那两个失踪了的儿子……"

读着张贴于海啸照片纪念馆这则以英文手书的真实故事，我觉得有眼泪从心里涌了出来。

海啸照片纪念馆位于斯里兰卡南部濒海城市加勒（Galle）一个名字唤作特瓦塔（Telwatta）的村庄里。

对于斯里兰卡人来说，2004 年 12 月 26 日是个像"碎纸机"般的日子，把一切的快乐碾成了永难复原的碎片。

那天早晨，斯里兰卡东南部的海岸区一如既往，游客云集，突然，异象涌现：天上群鸟乱舞，地上猫狗乱窜；更让人瞠目结舌的是，海水突然好像受到了惊吓一样，不明所以地退退退，退、退、退，退到了离海岸线两三百公尺以外的地方，露出了光秃秃的河床，好像一个狰狞恐怖的大嘴巴，等着吞噬无辜的生灵。岸上的人啧啧称奇，然而，过了不久，居心叵测的海水突然夹着雷霆万钧之势卷土重来，既凶又狠，浪高数丈，力摧宇宙。顷刻之间，天翻地覆，船在陆上、舟在树上、车飞上天、屋成瓦砾。人呢，像撒在海里不计其数的米粒，全被凄凄惶惶地卷得无影无踪。

这场浩劫，造成斯里兰卡四万余生灵罹难，还有无可计数的失踪人口。它像一把乱挥乱舞的匕首，把幸存者的心砍得鲜血淋漓，留下了永世无法痊愈的伤。

有个丹麦人杰克（Jacky），为了给历史留痕，2007年以一所被海啸破坏而重新修补的破落房子作为永久馆址，展出她通过各大管道广泛搜集的上千张新闻照片和多则感人肺腑的真实故事。一方面反映了海啸所带来的无尽破坏与黑暗，另一方面也展现了重新建设的无穷力量和曙光。曾经历过上述海啸的卡玛尼（Kamani）是现任馆长。

尽管事过境迁，可是，现年37岁的卡玛尼在向我忆述八年前这场浩劫时，犹有余悸。她说：

"那天早上，我听到了犹如炸弹般的巨响，200米之外的印度洋发动了第一次侵袭，我看到海水漫了过来，我和家人发狂一样奔跑，跑到两公里以外的那所庙宇，在那儿过夜。老实说，当时，我们根本就不知道什么是海啸，一心认定只是海水泛滥。隔天回返，才发现家园全毁。许多人为了抢救屋内财物而没及时逃命，全都死在半小时后第二波毁灭性的侵袭里。"

我在纪念馆里慢慢地走着，细细地读着一则又一则配搭着照片的真实故事，突然，目光被一张放大的彩色照片攫住了。照片里的妇人，泪流满脸地仰头嘶喊：

　　"我不想活，可我却活了下来，得日日面对无止无尽的痛苦。这是我应得的报应吗？如果是，那么，请告诉我，我究竟做错了什么？"

　　痛苦，是她伤口上的一株仙人掌，那针般的刺，已长到心上去了。

　　海啸，到底是地球一声无奈的叹息，还是一个愤怒的咆哮？

　　长期以来，我们到底有善待这唯一的地球吗？

螃蟹与蜥蜴

有时，不免要想，螃蟹前世必是我宿敌，所以，今生一看到便想吃。

说来汗颜，到斯里兰卡去的其中一个大动力，竟是可以天天狂吃大螃蟹。暗自盘算，点食螃蟹时，黑胡椒、白胡椒、蛋黄、奶油、清蒸、麦片、咖喱、辣椒，各种做法，逐餐轮流吃，就算吃得打横走，也还是值得的。

没有想到，我的计划全盘落空。

大螃蟹在它的故乡斯里兰卡，竟然不是唾手可得的。

科伦坡中餐馆麇集，少说也有三四十家，当地人常常自我调侃地说："我们的中餐馆啊，比中国大陆还要多耶！"

到"168中餐馆"去，点菜时指定要一公斤以上的大螃蟹，侍应生一听便摇头说道："大螃蟹？没有！全都出口到新加坡去了。我们这儿只有五六百克的！"我叹了一口气，委曲求全地点了咖喱螃蟹，小小的一只，好像发育不良，吃得意兴阑珊，与鸡肋无异。

次日，拨电到著名的喜来登中餐馆预定大螃蟹，要求重量在1.3公斤左右、有着丰厚肉质的那种，餐馆经理迟疑着说："我不能保证一定有，不过，一定会尽力帮你找！"后来，拨电通知我说，供应商已找到了一只重达一公斤的。

兴冲冲地赶赴餐馆，令我大感错愕的是，

端上桌来的这只大螃蟹，居然只有一只钳！

招来领班，问道："还有一只大钳呢，去了哪里？"

领班老老实实地说："螃蟹来货时，全都是单钳的。"

"什么！斯里兰卡生产单钳螃蟹？"我愕然问道。

"不是啦！"她笑了起来，"许多螃蟹因为打架受伤或者搬运时不慎而弄掉了一只钳子，这些肢体残缺的螃蟹全部保留内销。那些品质上好的、双钳齐全而硕大肥壮的，通通外销到新加坡去了。"

哎呀，过去，我真是个身在福中不知福的新加坡人啊！

在科伦坡，有家以螃蟹为招牌的餐馆，名字唤作"Ministry of Crab"。餐馆入口处，竖立着一个大大的广告牌子，上面以风趣诙谐的语言写道：

"亲爱的顾客：斯里兰卡螃蟹长久以来俘虏着新加坡饕餮的心，我们向您保证，本餐馆的螃蟹品质，绝对等同于外销到新加坡的，唯一的不同是，它们更为新鲜，在捕获之后，不需要搭乘飞机，立马便送上桌来……"

莞尔之余，细看价目表，边看边心惊。半公斤者，一只售价 2500 卢比（折合新币 25 元）。价格依重量而渐次提高，一公斤者售价居然高达 5700 卢比（折合新币 57 元），这就相等于当地劳力者半个月的薪金呀，吃了又如何消化？

当天傍晚，到海畔欣赏日落。

在沙滩上一字排开的小食摊，卖的清一色是油炸食品。经过几番轮回的油，黑得像森林的夜。丰腴的油味，好似绽放着烟花一样，热热烈烈地喷洒出满地艳艳的芬芳。

我发现最受当地人欢迎的是油炸蟛蜞，这种体积超小的螃蟹，千依百顺地趴在香香脆脆的面饼上，我见犹怜。

当地人围着小食摊，买一大包，一家大小你一个我一个地抢着吃，当夕阳慢慢地坠落于海面时，整个沙滩都是咀嚼蟛蜞所发出的声音，"咔嚓、咔嚓、咔嚓"，仔细再听，那竟是蟛蜞满足的喟叹，兴许是它们觉得自己能够小小地抚慰国人贫瘠的胃囊，因而把自家的四分五裂当作一种快乐的奉献吧！

咔嚓、咔嚓、咔嚓、咔嚓……

夕阳被贪婪的大海吞噬后，蟛蜞的"咔嚓"声依然欢喜地在回荡着……

出发到斯里兰卡旅行之前，上网安排租车事宜，发现有两种选择：一是全程由车夫驾驶，二是自行驾驶。前者每天 35 美元（1 美元约为 6.60 元人民币），后者 27 美元。

嘿，就算数学再蹩脚，也知道如何做出正确的选择呀！

扎加，因此而成了我们旅游九个城市的随行车夫。

最妙最绝而又最意想不到的是，在斯里兰卡，旅馆和餐馆都有一条不成文的规定——业者会给随行车夫提供免费的住宿和餐食，全然不必我们劳神费心。哎哟，自助旅游而能舒服如斯，简直就像天方夜谭呀！

现年 54 岁的扎加，驾车已有长达 30 年的经验了。他肤色黧黑，样子憨厚，成天心里好似有掩藏不住的好消息，胖胖的笑意，从细眯的双眼一直流到憨厚的下巴去。

在斯里兰卡，许多年轻人英语说得结结巴巴的，有者甚至连简单的词语也听不懂；然而，扎加说起英语来却如水般流利。询及学习语言的经验，他说：

"在我成长的那个年代，学校的教学，兼重僧伽罗语、泰米尔语和英语，多数人都能掌握双语。然而，现在，学校偏重母语，只设一堂英文课。"顿了顿，又深思熟虑地说，"语言教育，是必须讲求平衡和比重的。如果想要国民掌握双语，就必须把均衡的教学时间分配给不同的科目呀！任何偏颇，都会使教育的发展出现不尽如人意的偏差。"

这道理，放诸四海皆准啊！

扎加迟婚，两个儿子，分别为 10 岁和 15 岁。为了弥补学校教育的不足，扎加把孩子送往英语补习班，而这，大大地增加了他的经济负担。他拼命工作，像这个月，便有 20 多天出差在外；不过，每天晚上，他都会往家里拨电话。次日一早，见到我们，便笑眯眯地说："我儿子英文测验全班最高分呢！"还说，"他用英文写了一首诗给我，让我念给你们听听……"

这名自豪的父亲，对自己的工作，是一丝不苟的。每一天早上，车子总是以干干净净的"内在美"与光光鲜鲜的"外在美"示人。他驾驶技巧超棒，即使是行驶于狭隘弯曲、陡斜峻峭的山道，也平稳安定一如驶在平地上。

敬业乐业的他，事事设想周全。有一回，日胜到银行去兑换钱币，我坐在车上等，他取出了一部介绍美食的书籍让我翻阅，热心地说："不管你们想上哪一家餐馆，我都可以送你们去！"当天傍晚，根据那部《美食指南》，我选择了离旅馆不远的一家餐馆。食客极多，上菜又慢，考虑到他驾车竟日，身子疲累，便嘱他先回旅馆休息，十点半再来载我们。然而，用过晚餐而到餐馆外面欣赏夜景时，发现他居然没听指示，静静伫候于停车场里，月色把他的影子拖得长长的。

又有一回，告诉他，想吃榴梿。他兜来转去地找呀找的，终于在一个偏远的地方找到了。我选了两个，对摊主说："就在这儿吃吧！"摊主摊摊手，表示没有开榴梿的工具。没想到扎加竟说："等等！"旋踵，取来了撬子，我诧异地问："咦，你怎会有这东西呢？"他笑嘻嘻地说："我车上万物齐备哪，既有削凤梨的小刀，也有砍椰子的大刀子耶！客人坐我车子，要啥有啥！"

斯里兰卡的榴梿，果肉柔软、香醇。那股浓郁的滋味一直缠在味蕾上，为我们的斯里兰卡之行增添了永恒的甜味。

扎加，正像这榴梿。

最近，有朋友要到斯里兰卡去，我们把扎加推荐给他。朋友回来后，对我们跷起了大拇指，说：

"扎加，棒！"

鱼啊鱼！

站在尼甘布的海畔，铺天盖地的鱼腥，好像带着黏性的雪花，漫天飞扬，粘在头发上、粘在耳鼻嘴唇上、粘在手脚上、粘在衣服上，我有一种无所逃遁的窒息感。

多得令人咋舌的鱼，密密麻麻、迤迤逦逦地躺在沙滩铺着的油布上，进行日光浴。

尼甘布是斯里兰卡西部濒临印度洋的重要渔港。

此刻，印度洋波涛汹涌，然而，一艘艘渔船却满载而归。

沙滩热闹一如集市，许多人在凌晨三四点便麇集于此。渔船一靠岸，大家便围上去，把一篓篓鲜鱼抬下来，交给一堆堆蹲在沙滩上的妇女。只见她们当场以刀子将鲜鱼开膛破肚，清肠去鳃，用水清洗，之后，薄薄地撒上一层盐，一尾尾摊放在沙滩上，暴晒。如果碰上艳阳天，晒上三天，便大功告成；在阴霾的天气里呢，则得晒上长长的一个星期了。

我原本以为斯里兰卡人也和华人一样，喜欢吃咸鱼，没有想到，这只不过是他们惯常保存鲜鱼的方式罢了！据他们表示，在沿海城市捕获的鲜鱼，加了盐，再经过暴晒之后，运到内陆城市销售，可以保存很久。

"这些咸鱼，你们用油煎来吃吗？"我问当地人。

"不不不，我们通常用来煮咖喱。"

咸鱼煮咖喱？哎呀，真是闻所未闻耶！

整个沙滩，都被盐渍鲜鱼"霸占"了。沙滩的美丽被亵渎了、沙滩的安宁也被夺走了。群鸟在天空高高低低地盘旋着，群狗远远近近贪婪地觊觎着；看守着"鱼群"的人呢，既要驱鸟，又要赶狗，忙得像千手观音。

中午，到当地一家著名的餐馆去，在菜单上看到清蒸石斑，非常高兴，让鲜蹦活跳的鱼儿由海洋游进嘴里，那股鲜味儿，一定会让味蕾惊艳哪！万万没有想到，端上桌来的鱼，简直就像木乃伊，肉硬如柴。海洋近在咫尺，居然尝不了鲜，真叫人沮丧啊！我们同时也点了侍役大力推荐的"咖喱咸鱼"，非常咸、非常辣，把椰浆的香味全都覆盖了。

整体而言，在斯里兰卡的饮食经验是乏善可陈的，除了首都科伦坡因为中餐馆麇集而有较多惊喜之外，我几乎天天餐餐都吃那没有鲜味的烤鱼，吃得连舌头都起茧了。到斯里兰卡大小城市的菜市去逛，发现咸鱼的种类多得超乎想象，甚至还有许多咸鱼专卖店哪！鲜鱼一上岸便被判了死刑，想吃游水活鱼？嘿嘿，无异于痴人说梦啊！

有人指出，处于辽阔海域的斯里兰卡，虽然海产丰富，但是，捕渔业并没有得到很好的开发，更没有顺应时代的发展而走向科技化的道路。

在西南部城市加勒，我便目睹了一种极为有趣、极为原始却又充满了无限"创意"的捕鱼方式。

坚实的木条，绑成了十字架的形状，深深地插入海床里，渔夫高高地坐在上面，手执钓竿，背着网状袋子，当姜太公。长长的鱼竿上，系着五条钓鱼线，每条线上都有个鱼钩，钩上都有鱼饵。换言之，他们守候着的，不是一个渺小的希望，而是五个奢侈的愿望。也许，对于他们来说，由单钓一条鱼而提升到同时钓五尾鱼，已是一个惊人的大进步了！

海浪拍岸，卷起千堆雪，渔夫们便坐在狰狞汹涌的浪涛中，日复一日地垂钓着卑微的希望……

看着在生活线上挣扎的这些渔夫，我忽然想到，2004年当海啸在加勒这儿发出惊天动地的咆哮时，海面上，是不是也坐着这些守候着梦的渔夫呢？

夜晚，坐在位于半山区的竹园酒楼里，竟有不知置身何处的奇异感。

对面那座高山，有尊巨大的白色佛像，在强力灯的照射下熠熠发亮。餐馆里，理查德·克莱德曼（Richard Clayderman）的钢琴曲像水一般四处流淌，有个金发碧眼的中年男士在餐馆里穿梭来去，以漂亮的英语和盈门的顾客搭讪。看到我时，他竟用华语打招呼："嗨，想点些什么菜？"我说我想吃清蒸石斑，他老老实实地应道："鱼不新鲜，别点。让我太太给你们推荐吧，她是中国人！"

他的妻子叶开美来自中山，素净明亮的脸与柔和温婉的嗓子让人联想起池中的荷花。

她利落地为我们点了三道"适合华人"的菜肴：甜酸鸡丁、麻婆豆腐、铁板虾。

斯里兰卡南部城市康提（Kandy）这家竹园酒楼，被猫途鹰（Trip Advisor）誉为当地最佳的餐馆。它果然不是浪得虚名的，五味杂陈的鸡丁带来奇异的口感、嫩滑如水的豆腐清鲜软嫩、紧实爽脆的大虾凸显了锐利的鲜美，每一盘食物都挑起了我们汹汹的食欲。原本只希望在康提尝尝较为地道的中餐，没有想到却是出类拔萃的一餐。

饭后，这对健谈的异国情鸳和我们分享了他们的人生故事。

现年 43 岁的雷麦克，早在 21 岁那年便离开他的出生地伦敦，以边打工边旅游的方式看世界，在斯里兰卡短短的 10 天，成了他心中永远的眷恋。

23 岁那年，他落足台北，以教英文为生，但却发狂地爱上了美丽的方块字。他说："那时，每天坚持学中文，连睡觉时，也在梦中和方块字纠缠不清。"除了拼命看中文电视连续剧之外，他认为学习口语最有效的方式是"到街上去和市民聊天。"他笑嘻嘻地说："每回上街之前，我总得喝大量的啤酒，啤酒给了我胡言乱语的勇气。"

35 岁那年，他离开旅居了 12 年的台湾，随同朋友到广东做生意，一待便是六年。

谈起和妻子叶开美的邂逅，他觉得非常滑稽。

那天，他俩同时在中山书店里买书。她看到金发碧眼的他，居然主动上前，以英语说道："Can I use you to learn English？"其实，她想说的是："我可以向您请教学习英文的窍门吗？"他被她这句古怪的英语逗得很乐，哈哈大笑，当他开心地笑着时，爱神丘比特甜蜜的箭便准准地射向了他，他于 2007 年迎娶了叶开美。

尽管他热爱中文、喜欢中餐而又娶了中国妻子，但不知怎的，内心深处却一直听到斯里兰卡对他发出热切的呼唤。他说：

"我忘不了那一张张热诚友善的面孔，我忘不了那如诗如画的景色，我更忘不了斯里兰卡那种淳朴单纯的生活面貌。多年以来，我一直在寻找一个能够让我的心安静下来的地方，而康提，便是这样的一方净土。"

2011 年，他偕同妻子叶开美到康提，开设了竹园酒楼。他立下宏愿，要使这家餐馆成为康提的一个地方标志。

他雇用了一名拥有 16 年经验的厨师，与妻子共同研发新菜肴，之后，印制了许多宣传单子，亲自分发。地道的美食，就好像罂粟，食客试过了第一次之后，都欲罢不能，而他，也和许多顾客成了无所不谈的好友。

　　最近，他出外办事，顺便分发宣传单子，不慎掉落了一个藏有一大沓现款的信封。一名妇女捡到了，竟站在原地，等他回来。他动情地说道："信封里装着的，是当地人一个月的薪金呢！"

　　斯里兰卡人这种穷而不贪的人格魅力，使这对异国情鸳更加坚定了终老于此的决心。

◎ 菲律宾

碧瑶（Baguio）是菲律宾的避暑胜地，层峦叠嶂，风景如画。

那天，妩媚的夕阳将大地铺陈出一片薄薄的金黄，我踏在巷子里那奢华的璀璨中，心情被映照得很亮、很亮。

巷子尽头的走廊上，坐着一名妇人，旁边热热闹闹地围着好几个人。我好奇地挤过去一看，妇人面前，稳稳地放着一个小木箱，上面清清楚楚地写着："Balot"。

哎哟，"巴鲁"（Balot）！我心里咯噔一下，遐迩闻名的"巴鲁"，居然在此与我不期而遇！

"巴鲁"这种让菲律宾人神魂颠倒的食品，是足以叫外人魂飞魄散的。它是一种半孵化的怪蛋，俗称"鸭子胎"。菲律宾人将初生鸭蛋置于适当的温度中，孵上十多天，就在鸭子胚胎初具而羽毛未长之际，将蛋取出。

有者喜欢孵上 17 天那种五脏俱全的，咬起来又是心又是肝又是脾又是肺又是肾的，"百花齐放"、百味杂陈；有者则偏爱那些仅仅孵上 12 天左右的，胚胎初成而肝脏未长，没有骨头、没有毛发，吃起来又柔又软，又香又滑。

半孵化的"鸭子胎"取出后，摊贩将它们放入滚烫的水里，煮上 20 来分钟，之后，让食客剥壳蘸盐而吃。

鸭子胎每粒售价 13 比索（约合新币 4 角）。

坦白说吧，要将这个充满了蓬勃生命迹象的鸭子胎放入口里，是需要勇气的。看到神情畏缩的我，友善的菲律宾人一面大快朵颐，一面俏皮地弯着胳膊，显示力大无穷的样子。吃下一粒之后，意犹未尽，再吃、又吃，连吃三粒，才心满意足，揩嘴而去。离去前，还笑嘻嘻地对我说道：

"好东西啊，这鸭子胎！一粒下肚，精力无穷；两粒下肚，百病消除；三粒下肚，延年益寿！"

我买了一粒。

轻轻敲碎鸭蛋顶端那淡绿色的蛋壳，撕去里面一层薄薄的白膜，那儿，有着一汪淡褐色的液体，看似混浊，一尝之下，却鲜甜极致，满口生津，像是一阕有着悠长韵味的小调。

接着，剥去蛋壳，往内一瞧，哎哟，原本只有蛋白和蛋黄的那个简简单单的清纯小世界，已不复辨认了。蛋白变质，缩成了一小团不能入口的硬块；而蛋黄呢，则是不规则形的，肥肥地膨胀着，大里大气地包裹着中央那个小小的鸭子胎。蛋黄上纵横交错地布满了血脉，像极了人的大脑，状极恐怖。我鼓足勇气，咬了一口蛋黄，唷，味蕾吃了一惊，整个人意乱情迷，那蛋黄，极柔滑、极细致、极香，确是一绝；然而，菲律宾人却得意扬扬地告诉我，蛋黄只不过是"鸭子胎"小小的"序曲"罢了，真正的"主调"，是蛋黄中央的"鸭胚胎"。

我轻轻掰开蛋黄，只看一眼，便惊嚷出声："天，天呀！"沉甸甸的胃囊，立刻翻江倒海，大江大海几乎奔涌而出。

蛋黄里面，有只雏鸭：两只圆圆大大的眼珠，鼓突鼓突的，透着一股凄凉和无奈；两条细细瘦瘦的腿，绵绵软软的，很努力地伸展着；更为恐怖的是，鸭子胎内，肝脏全备！

看着掌心里这个初萌而旋灭的生命，我仿佛听到了雏鸭那嘤嘤的、悲切的哭声……

啊，就算鸭子胎的滋味美得令人掉魂掉魄、就算吃了鸭子胎能让人长命百岁，可是，在菲律宾旅行期间，一看到鸭子胎，我必定绕道而走，坚决不让它进入口腔。

纵是饕餮，在品尝风味小食时，也是有着自己想要遵守的原则的。

下半身被炸熟了而头颅依然生气勃勃的鱼，我不吃。

生命酝酿了一半而被剥夺生存权利的鸭子胎，我也不吃。

盗亦有道，士可杀，不可辱啊！

笔直的马路，宽达六米；枝叶扶疏，花香氤氲。

马路两旁，高高耸立着的单层与双层排屋，有者显得雅丽精致，有者呢，辉煌巍峨，建筑形式百花齐放，叫人目不暇接。

令人咋舌的是，这个气派奢华的住宅区，"居民"竟然全都是长眠地下的死者！

坐落于马尼拉的"华侨义山"，是菲律宾华裔的私人墓园。墓园里，每条马路都设有街名，每所豪华的屋子都是一个坟墓，宛如一个个金碧辉煌的句号。

这个遐迩闻名的墓园，是开放给游客参观的。

墓园有个导游，名字唤作尊尼。

过去，尊尼是建筑承包商，专在墓园建造豪宅；最近十多年来，经济不景气，墓园建筑工程锐减，他只好改行当导游。

墓园，可说是尊尼的"衣食父母"。他心无畏惧，坦坦荡荡地说道：

"亡魂，是另一个世界的生灵。它们有自己的道德守则，只要世人不冒犯它，它是绝对不会主动冒犯人的。"说着，他脸上浮起一抹戏谑的笑意，"可能，鬼更怕人呢，因为有的时候人类超乎极限的残酷，连鬼也自叹弗如哪！"

尊尼透露，墓园的地皮，每一平方米的价格是 15000 比索（约合新币 450 元），租契以

25 年为限。亲人租下地皮后，便可以大兴土木，为死者建造豪宅了。地皮租契到期后，后代子孙必须以每一平方米 1400 比索（约合新币 42 元）的租金续约；如果没钱续约，便得把祖先的骨灰移到公共墓地了。

"骨灰移走后，偌大的墓楼将如何处置呢？"我好奇地问道。

"可以转售他人。"尊尼飞快答道，"但是，倘若屋子年久失修，过于残破，便得拆除了。"

清风拂面，鸟声啁啾，我们一面慢慢地走，一面细细地欣赏。

尊尼指着一幢气派恢宏的墓楼，说道：

"这幢楼宇，我们称为'白宫'。整所屋子，都是以进口的名贵大理石砌成的，建筑费用高达好几百万比索哪！"

在我的啧啧惊叹声里，他突然说道：

"老实告诉你，在这墓园里，随便哪一幢房子，都比我所住的木屋强上千百倍！"

这话，听起来太悲凉了，然而，奇怪的是，他的语调很平静、很平和，仿佛在说一件与己无关的事，既没有尖刻的批评，也没有尖酸的妒忌，更没有尖利的愤怒，没有，完全没有。

明知这问题有点敏感，我还是哪壶不开提哪壶地问道：

"华人这穷奢极侈的墓园，是不是一般菲律宾人眼中的尖刺呢？"

"尖刺？"尊尼笑了起来，说道，"上周，我带几名美国游客来这儿参观，他们一边看一边惊喊：天呀，天呀！菲律宾的华人真是挥金如土啊，竟把墓园建得好像天堂一样！坦白说吧，这些美国游客的观点，基本上就是一般外人对这墓园共同的看法；然而，我们菲律宾人却有着截然不同的解读方式。"

他冷静而中肯地分析道，华人在墓园建造"豪宅"，是有几重深长的意义的：首先，它代表着一种慎终追远、饮水思源的美好情怀；其次，华人相信，墓楼建得越豪华，越能为后代带来福泽；最后，他们深信活着的世界是短暂的，死后的世界是永恒的，因此，死后的世界当比活着的世界来得重要。

尊尼理智地表示，华人建墓楼既然不是为了炫耀财富，而是为了自个儿的信念与信仰，菲律宾人当然不以为忤了。再说，当地许多有经济实力的华裔，常常雪中送炭做善事，多年以来已凭着相互的尊重与菲律宾人建立了圆融美好的关系。

菲律宾每年 11 月 1 日的"祭祖日"，是全国的公共假期。这时，整个"华侨义山"便充满了喧哗的笑声、窜满了食物的香气。菲律宾华裔扶老携幼，浩浩荡荡地到这儿来，跳舞、唱歌、打麻将，以吃喝玩乐的方式来祭祖。据说为数不少的年轻男女缘结于此而共浴爱河呢！嘿嘿，长眠的先人居然成了为活人牵线的红娘，妙哉！

距离"华侨义山"不很远的地方，有个贫民区，马路狭狭窄窄，路面坑坑洼洼，低矮邋遢的木屋乱七八糟地挤在一起。

啊，生之挣扎与猥琐和死之风光与堂皇，就这样泾渭分明却又暧昧不明地交缠着，突兀、滑稽、悲凉，现实里的人生，着实比虚拟的小说更为戏剧化啊！

加耶老人

一级一级迤迤逦逦连天而去的梯田，和周遭的青山绿水和谐圆融地合为一体，仿佛是大自然鬼斧神工的杰作。它们就像是一阕阕磅礴的乐曲，壮阔雄伟，荡气回肠。

位于菲律宾吕宋岛中北部巴拿威（Banaue）这些气魄万千的梯田，是2000余年前的伊富高（Ifugao）土著凭着简陋的工具，沿着高低起伏的山坡，胼手胝足开凿而成的。啊，究竟是怎样一种坚韧的毅力，才能让他们克服万难，体现出这种"人定胜天"的崇高精神？我站在高处，俯瞰着连绵不绝的梯田，心里有很深的感动。然而，再回过头来看看伊富高土著今日的生活面貌，我心里的感触也十分强烈。经历了漫漫长长的2000余年，部分伊富高土著居然还是延续着祖先遗留下来的生活方式与习俗，过着一成不变的农耕生涯。

菲律宾面额1000比索的钞票，就是以巴拿威阿圭岩（Aguiyan）梯田为设计背景的。

抵达巴拿威的那天早上，我问在农闲时节当兼职导游的年轻小伙子里察："你能带我到阿圭岩去看梯田吗？"里察忙不迭地点头，说道："没问题！我认识阿圭岩家族的一名老人加耶，看了梯田以后，我还可以带你去他家坐坐哪！"我心花怒放。

坐着他的三轮机车，看过了让人惊叹不已的梯田后，我们到了加耶老人的家。

刚忙完农事的加耶老人，正蹲在屋前的空地上，有滋有味地卷槟榔、嚼槟榔，槟榔渣吐得满地都是，鲜红与暗红的色渍，斑斑驳驳，像血迹，邋遢而又阴森。

　　里察告诉他，我来自新加坡，他立刻说：

　　"欢迎，欢迎，你随意走走看看吧！"

　　说的，居然是流畅的英语。

　　在菲律宾吕宋岛中北部的梯田区巴拿威，加耶老人就好像当地所有的伊富高土著一样，世世代代都以务农为生。可以这么说，他是沿着祖先为他开辟的人生轨迹行走的。

　　时间在这里好像停止了转动，鸡啼、虫鸣、狗吠，古老的房子错错落落地散布在绿意中，缥缥缈缈的云雾不知天高地厚地缭绕在树梢上。远远望去，年纪老迈的农夫，佝偻着腰，沿用着千百年的传统老法子，用长满了厚茧的手，在一亩亩梯田里，种出了一家大小的粮食。当他们渺小的身影在广袤的天幕和辽阔的大地间慢慢地移动着时，那种心无旁骛的专注，特别触人心弦，而更令我感动的，是加耶老人挂在嘴边的那几句话：

　　"每当我双脚一踏在泥土上，心里便牢靠了、踏实了。泥土，就是我们的粮库啊！"

　　在农闲时分坐在石磴上卷槟榔、嚼槟榔，便是伊富高土著生活里最大的享受了。有趣的是，加耶老人把村人的长寿归功于槟榔。他认为长嚼槟榔，能使牙龈强韧，齿健则胃好，人如果每一天都吃得饱饱的，病菌便没有乘虚而入的机会了。此外，他亦指出：高山寒冷，槟榔能助以御寒，夜里嚼了槟榔，犹如披了棉衣，睡得特别香甜。

　　我告诉他，根据最新的医学研究，常嚼槟榔有损健康，会引发口腔癌。他一听便哈哈大笑，说："嘿，农务忙完，一堆人边啖槟榔边聊天，心情如此愉快，癌症又哪敢造次啊？"他又说，"住在大城里的人，整天吃有机食品，可精神却好像弓箭一样，终日绷得紧紧的，结果呢，百病来侵，什么有机食品都挡不住啦！"加耶老人说的，是一个闪亮的养生道理——沉重压力，乃百病之源。顿了顿，老人继续说道，"巴拿威山区，真可说是世外桃源呵！空气新鲜，全无污染。我们日常膳食以米饭和菜蔬为主，全都是自己种植的，不施化肥，是不折不扣的有机农产品。偶尔在过年过节时吃肉，那些猪啊鸡啊，也全都是自己饲养的，饲料里，一点化学成分也没有！还有哪，我们喝的，是源于山上的清泉，全无杂质，百分之百的纯净，清甜绝顶！"

加耶老人说这话时，脸上满满都是自豪。

我心想，如果村民能戒掉嚼槟榔的恶习，那么，活到200岁或许也不是难以置信的天方夜谭哪！

加耶老人住在一所高脚木屋里，椰叶为顶，木板为墙。屋子没有半根铁钉，完完全全以木头衔接，屋子牢实，木质好，百年不坏。在建屋子这一码事上，伊富高土著再次展现了他们的智慧。诡异的是，屋子外边，密密麻麻地挂满了野兽的头骨，细细一看，有野猪、猴子、鳄鱼、鹿等等。伊富高土著过去以狩猎为生，以兽骨装饰屋子，有显示生活富足的意味。对于务农的加耶老人来说，保留着祖先几百年前留下的兽骨，是纪念祖先的一种方式。

加耶老人告诉我，根据伊富高土著的风俗，兽骨点缀屋外，人骨则收藏于屋内。

"人骨！"我非常"刘姥姥"地喊了起来。

加耶老人把一口红红的槟榔吐在地上，然后，娓娓畅述："包骨"是伊富高土著迄今仍然恪守的古老习俗，他们深信，把先人的遗骨置放于家中，后人可获得庇佑。先人去世后，他们把棺材埋进洞穴里，几年后，开棺捡骨，把骨头慎重地以自家妇女编织的彩布包好，收藏于屋子内。以后，如果家里遭逢困难，或是家人罹患重症，他们便会把村里的巫师请来，打开布包三至五天，以牲口拜祭，同时，以米饭、肉食盛情款待邀来的亲戚。他们相信此举能助以消灾去难。加耶老人现在家里就收藏着祖父、祖母和父亲、母亲的四包遗骨。

　　现年 75 岁的加耶老人，精神矍铄。拥有 10 个孩子，20 多个孙子，三代同堂。

　　从他的谈话里，我发现他对外面的世界不是一无所知的。他有几个孩子不堪农务之苦，跑到城市谋生，许多资讯，便是孩子捎回来给他的。加耶老人最大的安慰是，在城里工作的孩子，每年一月播种和七月收成的农忙时节，都会轮流请假回来帮忙。

　　近年以来，年轻一辈不断地涌到城市谋生，已形成了巴拿威一个潜在的大危机。留在梯田耕作的，多是老的，还有更老的一辈。人口的逐渐凋零，导致了梯田的日益荒芜。无人照顾的梯田，边缘的石块剥落，泥土松动，豪雨一来，易于坍塌。为了挽救古代劳动人民的智慧结晶，巴拿威已被列为联合国世界文化遗产保护区了。

　　如今，恪守着古老方式在巴拿威山区生活的加耶老人，还有其他遵循同样方式生活的伊富高土著，都是山区里如假包换的"古董"，去一个，少一个，无可替代。他们和巴拿威梯田区的未来命运，是紧紧密密地联系在一起的。

我一直一直无法忘记加耶老人的话，还有，当他说这话时满脸波涛汹涌地晃动着的笑意：

"自己种的米，每一颗都特别的肥、特别的香、特别的甜啊，就算没有任何可以佐餐的肉和菜，单单吃一大碗结结实实的白米饭，我也就心满意足了！"

劳动的汗珠，凝成了颗粒状的快乐。

头颅骨的故事

黄村（Hwang Village）是菲律宾吕宋岛一个名不见经传的小村庄。有位雕塑家，隐名埋姓，在此过着不食人间烟火的逍遥日子。

树桩和石头，全是他予取予求的雕塑原料，他把周遭环境转成了一个露天博物馆，许多别出心裁的雕塑品，幕天席地，随心所欲地陈列着。

一块石头，这里凿凿、那里敲敲，便成了栩栩如生的鸟与兽；一段树桩，随意削削、随手雕雕，便成了活灵活现的人。看似不费心、不费力，可心和力都不着痕迹地用上了。

浑然天成，就是这个意思吧！

清癯的雕塑家，皮肤是那种吸收了阳光精华的古铜色，目光恬静，有着泉水般的晶莹。他坐在鸟声啁啾的绿林里，正闲闲地端详着一块石头，酝酿灵感，看到我们，友善地点了点头，笑意在脸上宛若点水的蜻蜓。对于惜语如金的他来说，也就意味着他已经给了我们随意参观的"许可证"了。

雕塑家以灵巧的心思把许多树桩点化成人，蓊蓊郁郁的园林因此满满的都是无声的喧哗。

我走着、看着，惊艳着、赞叹着。

非常、非常突然的，在他居住的高脚木屋外，我赫然看到了高高地悬挂着的头颅骨。

一、二、三、四。

四副，总共四副人类的头颅骨。

散居于菲律宾吕宋岛中北部巴拿威山区这一带的居民，百分之百是伊富高土著。

过去，以狩猎为生的伊富高土著，常常把兽骨挂在屋子外面，一方面展现自己的狩猎本领，另一方面则炫耀自家生活的安定富足。我在巴拿威山区，看到很多伊富高土著迄今依然沿袭着旧传统而把祖先狩猎的"战利品"展示于屋外，那些兽骨已经灰黑发黄了。伊富高土著也有保留祖先头颅骨的风俗，他们慎重地用彩布裹好，密密地收藏在屋内。像眼前这样毫无遮挡地把头颅骨悬挂于屋外的，前所未见。那种阴阴缠绕着的死亡气息，让人毛骨悚然。

在我们惊骇的注视里，雕塑家走了过来，指了指那四副头颅骨，淡淡地说道：

"日本人……"

日本人的头颅骨，怎么会出现在菲律宾这个偏远的山村呢？

雕塑家又说：

"第二次世界大战……"

他英语不灵光，无法清楚交代，不过，我按照常理推测，兴许是第二次世界大战时，同仇敌忾的村人合力杀了这四个人神共愤的入侵者，再把他们的头颅骨悬挂于屋外，杀鸡儆猴。"前事不忘，后事之师"，至今仍不取下，大约是想借此警惕后人吧！

让我至感疑惑的是，这四个日本人为什么要攀山越岭闯入这个位于深山野岭的小村庄呢？还有，这个宛若世外桃源的山村，当时究竟有没有受到战火残酷的蹂躏啊？

答案，最终找到了。

是个令人错愕的惊叹号。

据山区通谙英语的村民告诉我，当年闯入山村的，其实是四个日本逃兵。他们极端不满这场侵略性的战争，但又无能、无法举起反对的旗帜，于是，日军登陆后，他们便远远地逃到了这个山村，匿居于这块净土里，孜孜矻矻地帮助村民垦荒、耕作、建屋、筚路蓝缕，和村民建立了和谐圆融的关系。战后，继续留居。后来，四人相续死于村里一场流行病疫中。

雕塑家的父亲，和他们感情很好，特将他们的头颅骨悬挂于屋外，以此当作"世世代代的友情纪念"。

村民说："他们不是手沾鲜血的侵略者，他们是我们父辈相濡以沫的好友。"

森森白骨，无声地叙述了一桩战争时期宛如天方夜谭般的故事。

在侵略者疯狂地践踏他人国土时，却有头脑清醒者以一种特殊的方式对不义的战争做出了无声的抗议。

唐人街的阴影

　　如果说噪声是河流，那么，此刻掉落在"潺潺河流"里的我，就差点被溺毙了。

　　在马尼拉的唐人街上，各种各样陈旧不堪的交通工具怒吼不休，高高低低的车笛此起彼伏。我走在那坑坑洼洼年久失修的马路上，看着熙来攘往挤挤密密的人潮、看着周遭许许多多简陋不堪的房屋，心里非常吃惊。

　　没有变，完全没有变。

　　这个国家，好似处于酣眠的状态，30多年漫长的岁月悠悠地流走了，可是，它依然沉沉地睡着、睡着……一切的一切，还是和30年前我初游此地时所看到的一模一样，贫穷、落后、邋遢。

　　唐人街有几座以号码命名的购物中心，"168""999""1188"等等。其中臭名昭著的，是批发商场"168"，由于这儿百货齐全而售价便宜，许多小本经营的商贩都来此买货，三教九流四方麇集，扒手小偷多如牛毛，真让人有"如履薄冰、步步惊心"的感觉。

　　在"168"商场，我惊喜万分地发现了一间琳琅满目的贴花专卖店。我目前在多所学校负责"创意写作训练班"，常常使用美丽的贴花来激励表现良好的学生，家里存货将用罄；现在，看到这个发掘不尽的大宝库，我简直乐疯了！一头栽进去，选呀选的，选得不亦乐乎，后来，听到其他商店"嘭嘭嘭"地关门的声音，才惊觉时间不早了。花了4000比索（折合新币120元）买了多不胜数的贴花，店东一面笑逐颜开地问我是不是摆地摊的小贩，一面善意地嘱咐我："天色不早，路上小心，这里治安很坏咧！"

步出商场，混浊的暮色静静地膨胀着；一辆辆三轮车，影影绰绰的，像栖息的兽，沉默着，但却露出阴森森的獠牙。

许多人警告我，马尼拉唐人街是个藏污纳垢的危险地带。这儿没有街灯，当诡谲的夜色四处弥漫时，许多歹徒也在黑暗的掩护下恣意伸出狰狞的魔爪。他们不是单枪匹马地作奸犯科的，往往三四个人围上来，前后左右团团夹攻，让人逃遁无门。不久前，在餐馆邂逅一名福建移民，他告诉我，初抵之际，他身怀巨款到此办事，就被抢得个精精光光，他苦笑着说："哎，没被绑票，已算是不幸中的大幸了！"

马尼拉被称为"亚洲绑架之都"，枪械与毒品泛滥。近年来，失业率居高不下，绑架勒索的罪案不断飙升，当地富商和外来游客，都是绑匪觊觎的对象。由于警方办案不力，肉票的家属全都急于付钱赎命，犯罪集团当然也就日益猖獗了。

当晚，提着大包小包的东西，站在夜色苍茫的路边，等候计程车。等了好久，都不见一辆。有个卖厨具的店东正准备关门，我趋前询问，和气的华裔店东解释道："这条马路，人潮涌动，计程车一般是不进来的，你必须坐三轮车到外面的大街去等。"我看到三轮车在狭窄的马路上一字排开，正想举手召唤时，好心的店东却又急巴巴地说道：

"有些三轮车夫是歹徒乔装的，专等游客上钩，十分危险，不可贸贸然乘搭！你们等一等，我去为你们找个熟人。"

坐上华裔店东为我们安排的三轮车，三轮车夫瘦瘦薄薄的背脊被生活的巨石压得佝佝偻偻的。营养不良的车轮，在凹凸不平的马路上颠颠簸簸，他吃力地蹬着、蹬着，蹬在多年以来一成不变的破落街道上、蹬在邋邋遢遢混乱不堪的街景中……

飞绕的快乐蜂

只能用"铺天盖地"这四个字来加以形容。

来自世界各地的快餐店，在菲律宾国土，如过江之鲫。然而，让我至感惊讶的是，雄踞菲律宾市场的，居然不是称霸世界的麦当劳，也不是雄风四掠的肯德基，而是菲律宾土生土长的快餐店"快乐蜂"（Jollibee）！

一踏入菲律宾国土，不论大小城市，总有一只卡通形象的小蜜蜂，处处飞绕。小蜜蜂穿着白衬衫、红外套，打着黑色小领结，脚着黄色大鞋子；墨黑的眼珠晶晶发亮，大大的嘴巴笑意荡漾，神气活现而又快乐无比。

这只笑容可掬的小蜜蜂，已成了当地一面鲜亮的旗帜。许多菲律宾人都是在"快乐蜂"的香气里长大成人的，他们在这儿找到许多共同的回忆。

一向不爱吃快餐的我，基于好奇，推开了"快乐蜂"拭擦得纤尘不染的玻璃门，点了烤鸡、炸鸡、杧果馅饼。炸鸡配搭的是菲律宾人一日不可或缺的白米饭，烤鸡配搭的是意大利面。特爱那烤鸡，鸡块红艳艳的，烤得焦香四溢，有一种狂放而暴烈的激情；朴实无华的面条呢，又有着一种属于家的温暖色调。这鸡、这面，没有一般快餐那种急就章的味儿；反之，有着一种让人惊喜的细腻。杧果馅饼呢，外皮松松脆脆，里面绵绵软软，热气蒸腾，捧在手里吃时，杧果原始的香气不绝如缕。我一尝便爱得如痴如醉。在菲律宾旅行期间,日吃夜也吃。离开菲律宾那天,一口气买了几十个,"腾云驾雾"地捎回来分赠亲朋好友。

关于"快乐蜂",有个家喻户晓的故事。

在20世纪70年代末期,菲律宾华裔陈觉中有志在餐饮王国大展拳脚,他特地到美国去考察快餐连锁店的经营状况。1978年,雄心勃勃的他,在菲律宾成立了第一家本土快餐店,取名"快乐蜂",寓意辛勤的小蜜蜂为大家快乐地酿造人间美食。业务起初开展得颇为顺利,一连开设了十多家分店;然而,1981年,当麦当劳挟带着强大的威力进驻马尼拉时,好些菲律宾品牌的快餐店都知难而退,隐出市场,许多人也预言"快乐蜂"将会被这股洪流卷走。但是,陈觉中不畏强敌,决意周旋到底。他刻意发扬本土饮食的滋味和特色,源源不绝地推出其他快餐店绝对没有的食品。结果呢,"快乐蜂"蓬蓬勃勃地发展起来,连锁店好似喜雨一样降落于大城和小镇,迄今飞绕各处的"快乐蜂"已多达500余家!

那天,我和几位在"快乐蜂"大快朵颐的顾客聊天,他们坦言,"快乐蜂"是他们上快餐店时唯一的选择。

"在这里,每一种食品,都是根据菲律宾人的口感烹调的,比如说,我们口味偏甜,附在鸡肉、猪肉、牛肉上那种若有若无的甜味,便让我们觉得很暖心、很开胃。我们好像在品尝妈妈亲手烹调的食物,但是,鸡块比妈妈炸的更脆、牛排比妈妈烤的更香、面条也比妈妈煮的更可口。"

把本土人喜爱的味道向高处无限度地扩展,以无比的诚意攫取他们的心,让他们在快餐店里寻找一种无可更易而又更上一层楼的好味道，那是一种家的味道，但又不完全是，顾客们于是在这种又亲切又满足的美好感觉里，一次又一次地上"快乐蜂"去。

我想，"快乐蜂"之所以能在菲律宾击败来势汹汹的其他快餐店而占据超半的市场，就源于对本土人的尊重和诚意吧。经营者成功的要诀在于攻人之心，心都被俘虏了，胃还能不跟着吗？

其实，教学也是一样的。

先以兴趣俘虏学生的心，心都被俘虏了，脑还能不跟着吗？心和脑齐一，莘莘学子便会变成"嗡嗡嗡"地飞绕于方块字之间的快乐蜜蜂了！

维甘（Vigan）是菲律宾吕宋岛北部一座充满了西班牙风味的古城。

拥有 400 余年历史的维甘，糅合了欧洲与亚洲的特色，圆融地展现出一种沧桑而又迷人的风采，现已被列为世界文化遗产保护区了。

坐着马车，在铺着鹅卵石的街道上兜转，街道两旁矗立着的古老巴洛克式房屋，在巍峨大气中透着雅致秀气。"哒哒"复"哒哒"的马蹄声，把心醉神迷的我带进了 16 世纪西班牙一个孕育着浪漫风情的城市里……

那天下午，坐着马车在古里古气的市区与绿意盎然的郊区逛游了两个多小时后，我请马车夫送我到市中心的百货集市去。

一迈入热闹的集市，欢喜便像两簇红红的火，照亮了我双眸。

我看到了香肠。

许多摊贩都在售卖香肠。

香肠，艳艳的红色，丰满而又丰腴，风情万种地挂着，一串又一串，像引人遐思的流苏。我忍不住微笑，啊，维甘古城，不但在建筑上展现了西班牙风味，连饮食也继承了西班牙口味。当年，我在西班牙旅行时，不也曾天天狂吃滥吃各式各样多不胜数的香肠吗？

我对香肠情有独钟，总觉得在那层薄薄的肠衣里，紧紧地锁住了一个既丰富又神秘的世界。一条条香肠，浑圆笔直，表面上看起来千篇一律呆板内敛，然而，用刀子轻轻一切，那近乎妩媚的好滋味，便放任无羁地在舌头上活蹦乱跳。

摊主告诉我，只要将这些香肠在滚烫的水里煮上 15 分钟，肠衣里蕴含的油脂便全部溶化了，滑滑的油晃荡晃荡地滋润着整条香肠，有百转千折的丰富滋味。

我想买、我想吃，然而，一篇令人作呕的新闻特写却在这电光石火的刹那间，很煞风景地浮上了心头。这篇图文并茂的新闻报道，有个惊心动魄的标题："苍蝇不吻的香肠"。

在人心诡诈的现代社会里，许多奸商已将香肠转化成暗藏杀机的高危险食品。上述那名记者，乔装成买家，到重庆那个以制造香肠闻名的野竹村偷偷进行采访。他造访的那家工厂，邋遢而又杂乱，满满地堆着泛黑的猪头和碎肉，苍蝇飞绕。最为可怕的是，在老板的指示下，工人在加工的过程中，大大超量地使用了具有防腐作用的亚硝酸钠。此外，为了使香肠散发出诱人的色泽，工人还将一种不知名的红色粉末掺水，倒入堆满一地的肉馅中，胡乱搅拌；然后，把这些不堪入目的红色碎肉灌入肠衣里。接着，更惊人的事情发生了：香肠灌好后，工人将它们一条一条地放进盆子里的水浸一下，才拿到架子上晾晒。装在盆子里的，赫然是杀蚊子的药水！工人告诉记者，经过这种特殊处理后，香肠就不会招惹苍蝇蚊虫了，而做好的香肠也能久藏不坏。果然，在新闻图片里，苍蝇"嗡嗡嗡"地到处乱飞，但是，用药水浸过的香肠，却光溜溜的一只苍蝇也没有。

呃，这真是名副其实的"黑心肠"呀！

"黑心肠"在亮丽外表的掩护下，"堂堂正正"地走进了千家万户，在万千百姓肚子里兴风作浪，阴毒无仁地埋下了无数枚健康的地雷。

此刻，站在维甘古城这一串串绮丽无比的香肠前，我内心剧烈地交战着。

买，还是不买？吃，还是不吃？

在理智上，我知道我不能一支竹篙打尽一船人；然而，转念一想，嘿嘿，万一、万一天下乌鸦一般黑呢？尝了美食，赔了健康，得不偿失啊！

我痛苦着、犹豫着……最终，没买成。

一串也没买。

是害群之马谋杀了我的食欲。

菲律宾的维甘，是个拥有 400 余年历史的古城，目前已被列为联合国的文化遗产保护区了。

有人说这个古城的灵魂已被打上了西班牙的印记，这话可一点儿也不假。古里古气的建筑，经过了岁月的风沙冰雹，处处结出了宛如花纹般的疤痕，既有历史沧桑的味道，也淡淡地遗留着昔日浪漫的风情。

那天下午，在典雅古旧的街道上漫步时，有一座阴森森的建筑物突然毫不协调地闯入了眼帘。

建筑物外边，毫不含糊地站着荷枪的警察。我和日胜好奇地探头而看，没有想到警察居然露出了友善的笑容，说：

"你们是游客吧？欢迎你们来维甘玩！"

我趁机问他：

"这儿防卫森严，究竟是什么机构呢？"

他答道：

"这是维甘嫌疑犯拘留中心。"

"嫌疑犯拘留中心"居然设在人来人往的热闹大街上？在我满脸的愕然里，他竟然问道：

"你有兴趣进去参观吗？"

就这样，我走进了维甘这个没有阳光的地方。

这里，拘禁了等待上庭的 125 名嫌疑犯，其中有杀人犯、强奸犯、强盗、窃贼、毒贩、骗子，形形色色，不一而足。最年长者61岁，最年轻者才20岁。据说有者已被拘禁长达17年了，为了防止他们逃跑或暴动，有35名持械警卫日夜轮班监守。

五间囚室，每间都挤挤满满地住上二三十人。

守卫领我进去看，双层床一张挨一张亲亲密密地并排着，一个床位就等同于一个家。他们的衣物和炊具，都一层叠一层地堆在床前。活动空间异常狭小，混浊的空气凝结成块，置身其间，连呼吸都变得很不顺畅。

拘留中心和一般牢狱最大的不同是，嫌疑犯能在宽敞的公共庭院自由活动，日常三餐必须自行炊煮、衣物自己洗涤。此外，拘留中心也给他们提供手艺训练。

在此当守卫长达30年的平尼诺语重心长地说道：

"如果长年长日把他们关在狭小局促的囚室里，让他们日日夜夜面对四堵白白的墙壁，恐怕要不了多久，他们便会发疯了。对于曾经犯错的人来说，如果我们一味用绳子去捆绑他们的双手，是无济于事的。在拘留期间，我们希望能够把谋生的技能传授给他们，一旦他们重见天日，便可以自力更生了。"

在庭院里，嫌疑犯三三两两地坐着。

有者学习木雕，有者学剪头发。

学木雕者，用工具聚精会神地雕出英姿焕发而作势欲飞的马，我心想，在潜意识里，也许他们都希望自己能变为一匹马，自由自在地驰骋于无边无际的草原上吧？有者呢，慢条斯理地为木雕品上漆，一双双骨节粗大而掌心生茧的大手，却有着无比轻巧的手势，仿佛他们所碰触的是举世无双的艺术品，也许面壁思过让他们对世间的一切都生出了珍惜的心态吧？当一匹匹朴实的木马在上了釉彩后闪出了炫人的亮泽时，他们脸上的笑意也如同春天的草一样生机勃勃、欣欣向荣。

学习修剪头发者，煞有介事地摆出美发师的派头；为他们充当模特儿的，是他们的室友。剪刀"咔嚓咔嚓"地响着，头发一绺一绺地掉落，剪发的人和修发的人，你一言我一语地彼此调侃，璀璨的笑声和细细碎碎的头发混合在一起，落满一地，非常温馨。

平尼诺别有深意地说：

"以暴制暴，往往只会带来负面的反效果。在这个拘留中心里，我们希望能够以人性化的管理方式，软化他们的心。"

时近晌午，有一组拘留者在厨房里大展身手，有人炒菜、有人煎肉、有人炸鱼。光芒四射的香味，在空气里绽放出缤纷的花卉。

平尼诺对我悄声说道："你看那个在切西红柿的人。"我看那是一个瘦削的中年男子，细细的眸子无声无息地在笑。平尼诺说："他涉嫌杀人，所以被拘留！"我全身起着鸡皮疙瘩，冲口问道："这样危险的人物，为什么不分开来囚禁呢？"可平尼诺却说："他其实一点暴力倾向也没有，脾气特好，待人特温和，老是笑眯眯的。杀人，完全是因为他在那个关键时刻失控啊！可能，别人看他脾气好，就毫无顾忌地把他逼到了墙角，狗急还会跳墙呢，何况是人！"平尼诺的语气充满了同情，但与此同时，语调又曳着无限的遗憾，"可是呀，在短短几分钟里发泄了怒气，却赔上了自己的一生，值得吗？"

　　拘留中心允许家属每天前来探望，但是，有些人一被拘禁之后，家人便和他们划清界限，不闻不问，当成诀别；然而，也有些亲属，长年支持，不离不弃。

　　平尼诺告诉我，有位母亲，儿子已被拘留了两年多，她每天风雨不改，准时前来。此刻，这位头发花白的母亲，正坐在矮凳上，和她那已届中年的儿子絮絮交谈。矮桌上，摆放着她带来的许多零食。

　　我趋前攀谈，母亲指着儿子，坦白说道：

　　"他啊，贩毒，也嗜毒。现在，我每天都给他捎来不同的零食，希望能遏制他的毒瘾。"

　　已届中年的儿子，平头、方脸、嘴巴阔阔的，讪讪地笑着，不发一言。那些零食，无非就是些炸薯片啦，杧果干啦，夹心饼啦，等等。绝望而又存着奢望的妈妈，希望能以这些稀松平常的零食来帮助她儿子挣脱毒海的旋涡。我忍不住对他说道："你绝对不能再伤你妈妈的心了呀！"

　　没有想到，他妈妈竟飞快地说道：

　　"我有错，是我的错。他很小的时候，我便离婚了，为了赚钱养他，我日忙夜忙，他一直得不到应有的关怀和照顾，就这样走上了歪路啰！"说着，眉心打结，叹着气，"唉，也不知道会被判几年！"

　　跌倒，不是问题，怕的是跌得皮开肉绽却不知道如何面对自己的伤口，更怕的是跌得四脚朝天却不知道该如何站起来。现在，妈妈温暖的手虽然伸在眼前，但是，要重新稳固地站立，他只能靠自己的力量。

　　谈话结束时，她突然指了指我的相机，嗫嚅着开口了：

被人遗忘的天堂
尤今眼中的世界

"我们母子从来不曾合拍过任何照片，你能不能为我们拍一张？"

　　我一颔首，她便欢喜地搂着他，对着镜头，展现了灿烂的笑容。未来的日子，可能风大雨大、可能电闪雷击，但是，这张笑影晃动的照片，将会帮助她把记忆定格在"母子连心"的这一刹那。

　　由厨房走出来，经过一间没有窗户的房间，粗大的铁栅门上，冷冷地挂着一把锁。里面，坐着两名少年，都紧绷着脸，眸子里有尖尖的钉子，射出来能致人死命。

　　平尼诺边走边生气地说：

　　"这两个人，一个非法拥有枪械，一个犯了抢劫罪，进了拘留中心，还屡屡生事，不锁起来，怎行！"

　　羔羊迷途知返，前途一片光明。可是，犯错之后，依然不悔不改，他们必将永远活在一个阳光照射不到的地方！

◎ 越南

水上木偶戏

舞台前，密密麻麻的观众鸦雀无声。

舞台上，深达一米的水，颜色浑浊，波澜不起，好像已酣眠多时。少顷，舞台两旁急促的鼓声响起，泥黄色的水面上忽然涌现了一条五彩斑斓的龙。在响板、笛、箫、胡琴、扬琴、唢呐、铃鼓、铙钹等声音的助阵下，这条神气活现的龙，忽上忽下、忽左忽右，意气昂扬地舞个不休。

龙隐退之后，一头牛从水里冒现，牛背上，坐了一个可爱的牧童，悠闲自在地吹着哨子，平滑的水面，成了他放牧的"草坪"，他在牛背上那一颠一簸的样子，十分逗趣。

接着，来了几个农妇，佝偻着腰，在水中插秧。她们动作纯熟，手起、手落，秧苗在顷刻间便化成了满眼的翠绿。顽皮好动的村童呢，也不甘寂寞地在水中戏球，球东、球西、球南、球北，他们追逐、嬉戏，泡沫般的水花哗啦啦地往四处飞溅。

接着，捕鸭的、捕鱼的、钓田鸡的、钓鱼的、打狐狸的，轮次上场，整间剧院，满溢着抖擞的生活气息。

攫人眼目的，还有庄重华美的凤凰舞、绚丽飘逸的仙女舞等等，舞姿自然而又灵活，全然没有传统木偶戏的那种呆板和迟滞。

越南的"水上木偶戏"，已有长达一千年的历史了。它实际上是一种源于现实生活的民间娱乐活动，非常草根。远在李朝时期，人们多以务农和捕鱼为生，在水田、池塘和湖泊密集的红河三角洲一带，每当河水泛滥，农民无法从事耕作时，便苦中作乐地在水中搭棚，在粼粼波光里操弄木偶，模仿农家生活，自娱，也娱人。后来，玩上瘾了，农闲时节也呼朋唤友，聚集水边，戏耍这种别开生面的水上木偶戏。

起初，不管是木偶的制作还是演出的内容，都是粗制滥造的；后来，愈变愈精湛，木偶的制作也越来越考究。由于木偶戏是在水中进行的，因此，木偶材质的选择至关重要。无花果木浮力大、韧性强、耐虫蛀、材质轻，条件最为符合。当地人将树干雕成活灵活现的各种小木偶，再糅上鲜艳美丽的色彩，让它们成为水上任由摆布的小精灵。水上木偶戏在风靡越南全国的巅峰时期，还矜贵地成为向皇帝祝寿的御前活动哪！

在经历了 18 世纪的全盛期之后，水上木偶戏在 19 世纪法国入侵之后，走向衰落。1945 年，越南独立，曾一度式微的水上木偶戏，又蓬蓬勃勃地复兴了。

现在，观众不但可以在河内的升龙剧院与胡志明市的金龙剧院欣赏到别具一格的水上木偶戏，而且，它还昂首挺胸地走出了国门，走向了国际。这独树一帜的表演方式，也飞快地俘虏了世界各地观众的心。

操控水上木偶，隐身于后台的表演艺人，必须长时间浸在一米深的水里，用长线辅以竹竿，通过强韧的臂力和出神入化的技巧，让种类繁多的木偶在水上做出各种高难度的动作，演绎古老传统的民间故事；或者，让形象斑斓的木偶在波光上翩翩起舞，展示民间舞蹈的无穷魅力；等等，内容千变万化。

木偶们体内仿佛有着取用不尽的活力，它们进退有致、旋转自如，观众全都看得如痴如醉。据说操控一尊木偶，有时需要用上十多条线，没有纯熟的技巧，势必"天下大乱"；而这些长期浸泡在水里的艺人，健康也受到了一定的影响。

那天，在金龙剧院一个半小时的演出结束后，浸在水里的八名艺人由幕后走向台前，面向观众鞠躬致意时，掌声如雷。那经久不息的掌声，不但深切地表达了对传统民间艺术完美保存至今的一种尊重，同时也热切地表现出对传统艺人全情付出的尊敬。

浪漫与土气交融

——记越南度假胜地沙巴

浮动的雾气，像缠缠绵绵的爱情，绕着栋栋玲珑雅致的法式别墅转、绕着起起伏伏的山峦丘陵转、绕着葱葱郁郁的绿树红花转。一切的一切，都是实实在在的；但是，一切的一切，看起来却又是虚无缥缈的。正当我以为自己误坠虚幻梦境时，却又真真切切地看到了身着璀璨传统服装的苗族人背着筐篓大摇大摆地走过我身边。筐篓里，有个小孩儿，睁着一双圆圆的眸子，眼珠滴溜溜地东看西看，两条浊黄的鼻涕蠕动着。不远处，教堂传出了钟声，清晰、悠长，柔软而又甜蜜。

这个名字唤作沙巴（Sapa）的地方，奇特地将现代色调与传统色彩糅合成一种尖锐的矛盾，却又在不协调的对立中显出一种独树一帜的美。

沙巴是越南西北部山区里的一个小城，海拔 1650 米。

远在 1920 年，当法国管辖越南时，发现沙巴这个地方气候宜人，大喜过望，立马在绵绵延延的大山中蜿蜿蜒蜒地修建了进山的公路，并在这个偏僻遥远的地方大兴土木，把它建成了一个满溢欧洲风味的避暑胜地。和越南其他喧嚣闷热的城市相较，沙巴就像一个被法国人领养的小孩，有一种卓尔不群的气质。

妙不可言的是，它虽然被法国人装扮得高贵典雅，可它的"双脚"却还是穿着原来的

"草鞋"——时至今日，无数散居于山区的土著，依然穿着五彩缤纷的传统服装，遵循着古老的风俗，过着与时代脱节的日子。

西方与东方、新颖与老旧、浪漫与土气，就在这个住着寥寥四万余人的山区小镇里相互冲击，形成了难以抗拒的大魅力。也正因为这样，年年月月，吸引了络绎不绝的游客。游客的到来，理所当然地改变了当地部分居民的生活。

散居于沙巴的少数民族，主要是黑苗、花苗、红瑶、黑泰。据说他们的祖先是数百年前由云南移居到沙巴的。他们胼手胝足开辟梯田，种出一亩亩果腹的庄稼。农闲时，她们不闲，夜以继日地以灵巧的双手编织色彩斑斓的传统衣裙、腰带、头巾、袜子、皮包等等，这些手工细致而绣工华美的传统服装，是她们的日常衣着；不同的族群，衣饰也不一，而这，就蔚成了沙巴的一大特色，当她们三三两两地走在大街上时，那迤迤逦逦溢满一地的色彩，艳得让人全然招架不住。最妙的是，穿着这种花里胡哨而又无比繁复的传统服装，她们干起又苦又累的农活时，依然手脚麻利。最绝的是，攀山越岭时也依然健步如飞，不受牵绊。

我到出售编织品的中央集市去看，一迈入大门，五花八门的色彩，便化成了璀璨斑斓的水，一盆盆朝我迎面泼来、泼来，哗啦啦、哗啦啦，我被泼得连双眸都睁不开来了，整个人，由顶至踵，湿漉漉的，全是颜色、颜色、颜色。

旅游业为当地的原住民制造了赚钱的良机。过去，无人问津的编织品，已成了今日游客趋之若鹜的手信。大至被子、小至袜子，上至衣物、下至手绢，都有。原住民喜欢浓烈的色彩，中央集市因此色彩泛滥。

金发碧眼的游客处处充斥，原住民个个笑逐颜开。她们以恶补的英语和游客讨价还价，高低相差极远的价格，好像抛物线一样在卖主和买主的嘴里甩来甩去。出价的笑眯眯、削价的笑嘻嘻，气氛很是友好。成交时，大家已熟络得宛如多年邻里。

　　集市外面，鹄立着租不起摊子的贫苦原住民。她们背着孩子，手里拎着一个个小布包，抱着一丝丝希望，伫候。一见游客出来，便扑上来，扯着游客的手臂，苦苦哀求："看看，看看而已，不买没关系！"我瞅了瞅她瘦瘦小小的孩子，说："好吧，好吧，就看看。"她小心翼翼地打开了布包，布包里那有限的物品脏兮兮的，一看而知已失败地兜售了千百次。我买了大大小小好几个一无是用的棉织小皮包，换取了她脸上向日葵般的笑容。

　　次日一早，在当地人的带领下，颠颠簸簸地走了好几个小时的山路，到位于大山深处的苗族村庄去看原住民的生活。崎岖的山路泥泞不堪，趔趔趄趄的我，好几次差点摔跌在地，幸好那几位紧紧追随在侧的原住民眼明手快地将我扶住、拉住、扯住。我才一站稳，她们便争先恐后地说："待会儿到了村庄，一定要买我的东西啊！"她们不乞不讨，跟着你、帮助你，只有一个简单而又明确的目的，那种毫不忸怩作态的直率，充分地显示了原住民的朴实纯真。

　　村庄的房屋，惊人地简陋。锌板为屋顶、泥墙为屋身，屋内是干裂的泥地。一名老妪坐在比她更老的土灶前，添柴煽火，过着平平凡凡又安安乐乐的家常日子；可是，此刻，两名金发碧眼的游客，拿着相机，正正地对准她的脸，左一张右一张地拍，咔嚓、咔嚓，咔嚓、咔嚓，拍得不亦乐乎、拍得酣畅淋漓。她困惑、她无奈，她想要闪避、她想要逃避，但却无处可闪、无处可逃，于是，皱纹麇集的双眸，便有了叫人不忍看的沉重。

傍晚，回返沙巴那建设得流光溢彩的市区，仿佛到了一个不同的国度。笔直的大街上，一溜全是美轮美奂的餐馆，街灯恬静地散发着圈圈温暖细致的光晕。在氤氲的雾气里看街景，别有一种迷离的华丽。

在一家名字唤作"壁虎"（The Lizard）的餐馆里，点了酸辣木瓜丝、法式洋葱汤、蟹肉春卷、烤鸭腿、铁板香茅鸡，外加两杯红酒。气氛幽雅，酒醇菜香。在这个旅人的天堂里，回想白天在村庄里所看到的一切，竟怀疑那仅仅只是个梦，一个不甚愉快的梦。

次日，坐了车子到离沙巴大约 150 公里的地方去参观热闹绝顶的周末集市（Bac-Ha-Market）。每逢星期天，原住民便会从四面八方汇集于此做买卖。出售的东西包罗万象：五彩缤纷的手工艺品、嫣红姹紫的农产品、无奇不有的小食。

最牵动人心的是牛贸市场，原本和主人相濡以沫的牛儿，经过了一番剧烈的讨价还价后，便得易主而处了。主人的心绪，犹如倒翻了的五味瓶，当牛儿被新主人牵走时，在交易成功的释然里，却有着万般的不舍，目送牛儿远去的眼神里，也就有了轻度的抑郁。有人把母牛和牛犊一起牵来卖，当牛犊被牵走时，舐犊情深的母牛，悲伤地发出了哞哞的叫声。在这儿，我足足待了一个多时辰，看人与牛、牛与牛的生离死别，好似在看人生的一出出悲情短剧。

当天傍晚，我又赶往沙巴遐迩闻名的"爱情广场"。原住民喜欢周末晚上聚集在这儿，追求他们憧憬的爱情。假设一个男的看上一个女的，便可直直走上前去，温柔地牵起她的手，她如果低首含笑，两人的浪漫情事就此开展；她若不喜欢，只要将手轻轻抽回，一切也就烟消云散了。表达方式直接、大胆、热烈、毫不含糊。

意兴勃勃地赶到位于天主教堂前方的爱情广场，惊见整个广场空荡荡的，半个人影也没有。当晚有雾，娉娉婷婷的路灯徒劳无功地在搔首弄姿，凄冷得近乎苍凉。向当地人探询广场寂寥缘由，他们遗憾地表示，最近这几年，外来游客增多，大家都以猎奇的心态涌向爱情广场，原住民觉得自己的隐私被侵犯了，都不愿再去了。游客以赤裸裸的好奇心硬生生地谋杀了广场的爱情，也谋杀了原住民美丽的古老传统。

离开沙巴的前一天，我到处溜达，经过一间小店，忽然听到琅琅的读书声，朗读的是英文。我探头进去看，有个男子和几个孩子围着一堆柴火坐着，男子一句一句地读，孩子一句一句地跟，学得很起劲。男子看到了我，热诚地招呼："进来，进来呀！天气太冷了，喝杯热茶暖暖身！"我进去和他们一起烤火取暖，男子问："你哪儿来的呀？"当知道我来自新加坡时，他双眼晶晶发亮地微笑："啊，我曾到新加坡住了两年，学英文。"说着，起身给我泡了一杯绿茶。

这名男子，名字唤作"彼德"，出生于河内。自小便在教堂当义工的他，有着一颗柔软的恻隐心。取得教堂所提供的奖学金而到新加坡学英语，学成之后，他在贸易公司谋得一份收入不错的工作。然而，舒适的生活却无法填补他心里的某一个空缺，于是，工作了好几年而有了一点小积蓄后，他毅然辞去了收入不错的工作，远到沙巴来，开设了这家小食店。

这是一间很简陋的小店，泥地、矮桌、小凳。有个人正在平底锅里煎豆腐，油花四处飞溅。我敢保证，一般游客是绝对不会来光顾的。好像读出了我心里的疑问，他主动解释：

"我到沙巴来开店，志不在赚钱，主要是想帮助这儿的少数民族。他们家徒四壁，没钱上学，贫穷就好像遗传基因一样，代代相传。我利用政府所提供的课本，免费为他们补习英文。谁来都可以，来一个，便教一个；来几十个，便教几十个。他们的祖父母、他们的父母，全都目不识丁，世世务农世世穷。在这里，只有努力学英文，才会有前途。"我问："学了英文，出路在哪里？"他说："沙巴游客多，会说英语，他们便可以当导游，或者，在餐馆、在旅馆谋职。要不然，他们就只能像家中长辈一样，一生一世都在田里耕种了。"

不知怎的，我的脑子突然闪现出苗族村庄老妪的那张脸。

他日当了导游之后，他们会把游客带回家中，展示贫穷、展览落后吗？会吗，会吗？也许，当游客走了以后，餐桌上会出现一盘久违了的红烧肉，那闪烁着的油光，会把四面土墙照得晶光灿烂，那么，这一点点偶尔的奢侈，也许会扫掉老妪眼里的那份沉重吧？会吧，会吧？

一直到离开沙巴那一天，我都找不到答案。

◎ 哈萨克斯坦

马儿奔腾于味蕾

在传统上，哈萨克族多以放牧为生，被誉为"马背上的民族"。马是他们最好的朋友，偏偏马肉和马肠又是哈萨克人最爱吃且最常吃的，他们究竟是如何化解其间矛盾的？

我一问，木拉提便哈哈大笑，幽默回应：

"用自家的胃囊去埋葬宠物，不就是对宠物最高的敬礼吗？"顿了顿，他又正色地解释道，"哈萨克族认为马是上天恩赐的，吃马肉，是一种幸福的象征。马肉美味滋补，能活血补血，冬天吃它，还能助以御寒呢！"

我是在阿拉木图（Almaty）旅行时结识木拉提的，他是哈萨克人，曾在新疆工作多年，精通汉语。退休后，回返祖国哈萨克斯坦生活。

在阿拉木图，许多餐馆的菜单上都列有马肉。

清水白煮的马肉，朴素无华，貌不惊人；然而，才一入口，便吓一大跳，那股香啊，犹如骏马，在味蕾上恣意奔腾，整个人都酥了。

木拉提告诉我，马肉煮法异常简单——把斩成大块的肉放进大锅，水滚后，泛出大量泡沫，舀出倒掉。等汤色清澈了，转成小火熬煮，煮熟捞起，除了盐巴之外，其他调味品都不能下，因为马肉极香，调味品会破坏它丽质天生的好味道。木拉提说："每回碰过马肉，手留余香，历久不退呢！"

嗜食马肉的哈萨克人，每逢家有喜事，就会上牲畜集市，挑匹活马，牵回家宰杀。老于此道的木拉提，是通过马齿来挑选嫩马的。

他口若悬河地说道：

"根据切齿的数目和形状，我便可以准确推断马儿的年龄。二三十岁的老马，肉质又粗又韧，难以入口；最好的是那些三四岁大的幼马，肉质嫩滑、脂肪如膏。"

天生好客的哈萨克人常办家宴，客人一来，他们便端出一个大大的盘子，层层叠叠都是厚厚实实的肉。一匹马儿，要不了多久，便吃得个精精光光了。东家的马一吃完，西家便开始宴请，然后是南家、北家。家家轮番请，天天有肉吃。

冬天来临时，家有余钱的哈萨克人，也会买匹活马，宰杀了，留待长冬慢慢享受。

足履天涯的旅客，碰到哈萨克人，永远不必担心会饿死，因为哈萨克人的门户是永远热诚地敞开着的。

在阿拉木图的大草原上，我就亲身体验了哈萨克族的热情。

那天，好风如水，盛夏的草，丰沛得不行，化成满地暖暖的绿浪。行经一个帐篷，天蓝蓝、云白白，马儿肥肥、大地寂寂。我驻足欣赏，冷不防帐篷主人探头出来，邀请我进去帐篷小坐。语言不通，彼此只能靠泛滥于眸子和唇边的笑意进行无声的沟通。刚盘腿坐下，帐篷主妇便给我斟上一大碗马奶。稀稀淡淡的米黄色，一尝，没有奶香，倒有奶酸，勉强喝了几口，我便端着碗，站起身来，走到帐篷外面，正想把碗翻转而把马奶倒在草地上时，帐篷里的人齐声惊喊，那名主妇更飞扑上前，抓住我的手腕，要我把奶喝完。哟，这家人，居然节俭如斯！我很尴尬，仰着脖子把它喝掉了。

事后，和木拉提谈及这事，他双眼圆睁地瞪着我，说道：

"把马奶倒掉？万万不可！对于哈萨克人来说，马奶是天赐宝物，倒掉，是会给全家招来厄运的呀！"

我捏了一把冷汗。

别人善意招待，我却差一点因为无知而报以恶意的诅咒！

人在旅途，天天都是学习的好机会，处处都是学习的好场所。

阿拉木图真是一个让人吃惊的城市。

它雄浑，它也妩媚。

雄壮的，是城市以外的山。举目远望，古老而又苍劲的山脉，绵绵叠叠，恣意地起起伏伏，磅礴壮阔。

柔媚的，是城市以内的绿。举目浏览，处处都是兴高采烈的绿，大大小小的公园星罗棋布，生机勃勃的翠绿、墨绿、嫩绿、浓绿宛如江水翻涌，娇丽雅致。

壮柔并蓄，为这个绿色覆盖率超过70％的中亚城市形成了一股无可抗拒的魅力。

阿拉木图是哈萨克斯坦的旧都。

1991年，苏联解体，哈萨克斯坦便是当时宣告独立的15个国家之一。

有人指出，在苏联解体后而在同一个时期宣告独立的诸国当中，哈萨克斯坦是国势发展最为稳健、经济发展最为蓬勃的。

事实是不是如此，难以妄下定论；不过，今日，以游客的身份来看，阿拉木图确确实实是人间乐土。

它稳定。

比如说吧，它的邻国吉尔吉斯斯坦，老是为了种族和谐问题而伤透脑筋。然而，哈萨克斯坦这个由125个民族组成的国家，却没有斗争，没有杀戮；风和日丽，祥云万里。

民安，源于国势平稳。一位哈萨克人说得

好："在阿拉木图，只要有一颗想要工作的心、有一双想要工作的手，便可挣得一碗饭吃。"

基本温饱不成问题，大家安居乐业。

除此以外，小学和中学实施免费教育，文盲率低；更令人赞叹的是，医疗免费。

一名哈萨克人谈起自己的一个经历，满怀感激地说：

"夜半，我阑尾炎发作，剧痛。医护人员快速上门来，一看情况紧急，立刻送院。手术过后，住院七天，妥善照顾。出院时，分文免付哪！"

这个幅员广大的地方，物产丰富。

一位曾在国外旅居多年而退休后返国定居的哈萨克人，自豪地对我说道：

"我们这儿草原辽阔，牲畜吃的都是天然的丰美牧草，牛肥、羊大、马儿壮，牲畜肉质绝对不含任何化学元素，吃得安心啊！"顿了顿，又说，"我们这儿土壤异常肥沃，种子撒进泥地里，瓜果蔬菜自自然然便能长得丰丰硕硕了，根本不必添加任何农药。你知道吗，我们的西红柿，拿在手里，甜香气息猛猛扑面而来；黄瓜切开一看，湿润润、水汪汪、亮闪闪的，啧啧啧！"说着，露出了鄙夷的表情，"那些加了农药而种出来的东西，瓜果也好，蔬菜也罢，吃起来就像蜡塑品，徒有其形，不具其味！"

到当地的鲜肉市场去看，没有一般菜市惯见的喧哗与邋遢，宽敞而又整洁，井然有序地划分成马肉区、羊肉区、牛肉区、鸡肉区、猪肉区。那些色泽鲜亮的肉，新鲜得仿佛呵一口气便能还原为牲畜原形。肉市所有的肉类都明码标价，人人安安静静地排队，进行文明交易。

我也去看了水果批发市场，蟠桃、李子、杏子、草莓、苹果、梨子，满天满地。最爱的是樱桃，浑圆饱满，艳丽的色泽，把云絮都映照得红彤彤的，一公斤才600坚戈（折合新币4元8角）哪！在市场里走了一圈，衣衫和头发，全都被染得香香的。

　　晚上，去豪华歌剧院观赏歌剧。世界各地的艺术表演团轮流前来献艺，场场爆满，人民精神生活丰富一如百花齐放的园圃。

　　离开歌剧院，在花香氤氲的街头漫步，心情很是美丽。

　　这阿拉木图啊，可说是个"三心"城市。

　　它让人住得安心、吃得放心、玩得开心。

　　难怪当地居民老是笑脸盈盈。

一迈入哈萨克斯坦最大的城市阿拉木图，我便觉得懊恼，异常得懊恼。

怎么、怎么我竟然忘了带一部字典呢！

在阿拉木图，我需要的是一部俄罗斯文和英文对照的字典。

这个由 125 个民族组成的国家，是在 1991 年苏联解体后独立的。每个民族，都有自己的语言；各族之间，则以俄罗斯语沟通。

不谙俄语，无助而又无奈地发现自己变成了聋子、变成了哑巴。

最惨的是乘搭计程车，往往说得唇焦舌敝，司机还是满头雾水。有一次，要去博物馆，司机却把我们送去了小商场。于是，在商场里"海底捞针"地到处探问："有人会说英语吗？"得到的回应，是一张张茫然的脸。后来，幸运地碰上一位兼通英文与俄文的游客，代我们在字条上以俄罗斯文清楚地写下"博物馆"一词，我们才得以顺利地走进了历史的隧道里。

当天傍晚，要去餐馆，学乖了，清楚地向司机展示观光册子里的彩色图片。这一招果然了得，他二话不说，风驰电掣地把我们准确无误地送到了目的地。

然而，让我们气馁的是，餐馆的菜单，居然没有半个英文字，侍应生也没有一个会说英语！我在那犹如梵文般陌生的文字堆里胡指一气，结果呢，端上桌来的，是羊肉串、羊扒、碎肉面条、羊肉紫菜根汤！一向视羊肉为宿敌的我，对着满桌张扬地散发出一股股腥膻气息的羊肉，只想夺门而逃！

后来，上餐馆时，便厚着脸皮在其他食客的桌子旁来回梭巡，看到符合心意的菜，便用手势告诉侍应生："我要这个。"多次使用这个原始的法子，在阿拉木图，竟也饱尝了许多美食。再后来，找了个通晓英语的当地人，请他用俄罗斯文在我的笔记本子上写下各种肉类和饮料的名称，以此充当我的"私房菜单"，倒也便利。

在阿拉木图，还有两次难忘的经历。

到歌剧院去，在票务处，指着墙上芭蕾舞的海报，说要两张票子。售票员叽里咕噜地说了一大串话，我理所当然地听不懂；只好又指了指同一张海报，没想到她又重复地叽里咕噜。我不管三七二十一了，递上钱，买了票子。当晚，表演掀开序幕后，我才恍然发现，我们观赏的竟是意大利男女高音演唱会！男的嗓子粗犷有力，能量十足；女的声音醇厚饱满，魅力十足。一个一个美丽的音符，化成了记忆里的糖液。此后多日，余音袅袅，绕梁不去。嘿，买错票子，却是"错有错着"呀！

另外一个"错误"，可就一点儿也不"美丽"了。

那天，要搭公共汽车去被誉为全世界最大的公园高尔基公园（Gorky Park）。车站那儿，有张木质长椅，我一屁股坐了下去，在这电光石火间，整个人骤然好像掉落于蜘蛛网上一只可怜的昆虫，紧紧地被黏住了，我惨叫连连："哎呀！哎呀！"这，竟然是一张油漆未干的椅子！泼辣的红漆，阴阴毒毒地沾满了我的双手、皮包和衣裤。其他搭客看到我的狼狈相，忍不住指了指木椅旁边的告示牌。无疑，那是"油漆未干"的警告牌子，可怜我这个"文盲"，半个字也看不懂！

出门在外，语言这道桥梁断了，旅者不但聋了、哑了，甚至，还瞎了！

回想以前到南美洲去，凭着一部西班牙文和英文对照的字典，处处通行无阻，我还凭此而与当地许多人交上了朋友呢！

字典，着实是旅人的"葵花宝典"啊！

◎ 吉尔吉斯斯坦

阴影和乌云

来到了坐落于吉尔吉斯斯坦的第二大城市奥什（Osh），我老是觉得被无形的阴影笼罩着。

阴影，来自2010年前发生的暴乱。

暴乱，源于两大种族多年的不和。

1991年苏联解体后，吉尔吉斯斯坦宣告独立。在这个有着80多个民族的国家里，吉尔吉斯族占71%，乌兹别克族占18%。

然而，在旧都奥什，上述两大种族所占的比例却几乎是均衡的——吉尔吉斯族占43%，乌兹别克族占48%。

在传统上，吉尔吉斯族喜欢放牧生活、乌兹别克族倾向农耕生涯。在城市里，吉尔吉斯族喜欢住在可任他们放目远眺的高楼；乌兹别克族呢，喜欢附有园地可供他们耕种的平房。

我登上苏莱曼山俯瞰，发现两族的居住环境就像楚河汉界一样，泾渭分明。

两族的敌对，由来已久，追溯原因，错综复杂。有人指出：苏联解体前，经济萎靡不振；国家独立后，发展又缓慢，人民在生活线上挣扎得极苦，无形中使民族冲突变成了一种对现实不满的发泄方式。

在奥什，两族在1990年曾经发生引人注目的血腥冲突事件。到了2010年，暴乱再度引发，两族互相杀戮，商店被砸，建筑物和汽车被焚，血流成河，死伤无数。

实际上，事情的起因是微不足道的。2010

年 6 月 10 日，在奥什网吧外面，两族青年因为芝麻绿豆的小事发生龃龉，进而大打出手。原本只是一桩小小的打斗事件，但是，旁边不断有人叫嚣助阵，加上长期以来硬生生地压抑着的仇恨，星星之火最终演变成不断扩大的浴血之战。

通晓汉语的年轻吉尔吉斯族姑娘古丽孜娜，在忆述当时的情况时，余悸犹存地说道：

"子夜一点多，我听到高楼多户人家的大门被敲得震天响，'砰砰砰、砰砰砰'，吉尔吉斯族高喊：出来，出来帮助我们打乌兹别克族！不远处，乌兹别克族也在平房里拼命拉朋友出来杀吉尔吉斯族。我偷偷从窗口望出去，看到一堆堆全无理智的人，疯了一样，互相砍杀，杀红了眼，只要看到对方族群的人，就算是平时有来有往的，也照杀不误！尸首遍地，整个地方，沦为人间地狱！"

死亡近在咫尺，古丽孜娜在家里心惊肉跳地躲了三天，后来，偷偷潜到偏僻的乡下，在奶奶的家住了整整两个月。她说，这场暴乱，表面上在几天后便被平定了，然而，那种风声鹤唳的情况，却延续了好几个月。天色一晚，大家都足不出户。有些年轻的女子，担心被奸淫，暂时休学、暂时离职，生活全都乱了套。

事过境迁，一切好似风平浪静，然而，心灵的创伤、精神的恐惧，却像一张黑色的网，笼罩着他们，撤不去、移不掉。最关键的是，两族间那种剑拔弩张的仇恨，即使不是一触即发的，却也是暗流汹涌的。它像魑魅魍魉，紧紧缠住这个拥有 20 多万人口的城市奥什。

我问古丽孜娜，现在，双方关系是否改善了？

她快速地摇头，应道：

"三年前的暴动事件发生后，两族之间，除了往昔那种冷漠外，还多了戒心和猜疑。亲人被杀的仇、姐妹被奸的恨，都是难以忘怀、无可化解的啊！还有，那场暴动究竟是哪个族群挑起的，他们也互相指责。"说到这儿，她的嗓子，发出了碎裂的声音，"说真的，彼此的关系，在暴动过后，更加恶化了。"

"难道没有任何缓和或解决的方法吗？"我问。

她耸耸肩，无语。

走在奥什的大街上，我的头顶，老是沉沉地压着一块乌云，花卉落在眼里，红而不鲜艳；树木落入眼帘，绿而不油亮……

吉尔吉斯斯坦的第二大城市奥什，有家"上海餐厅"坐落于那娃伊大街，据说提供非常地道的中餐。那时，我的喉咙早已被那无所不在的烧烤肉串弄得又干燥又疼痛了，中餐对我而言，不啻沙漠绿洲。

一迈入餐馆大门，便看到一位衣着颇为时髦的华籍妇女，用一长串极其流利的俄语对着侍应生叽里呱啦地说着话，转脸看到我，嫣然一笑，改用中文，热诚地说道：

"欢迎呀，请坐，请坐！"

这女子，是"上海餐厅"东主罗艺菡，来自浙江台州。

尽管大家素昧平生，性子豪爽的她，却径自走到我桌边，向我滔滔不绝地说道：

"我这个侍应生啊，脑子就是不会转。刚才有客人进来，说要吃本地菜，她只随随便便地回说没有，就把人打发掉了。我告诉她呀，我们这儿有从四川远道请来的厨师，她应该趁机向客人介绍餐馆的拿手好菜，把他留下来呀！"

我坐下来，点了两道菜。她的厨师，果然了得，姜葱蒸鱼做得活色生香，牛肉葫芦瓜也炒出了万种风情。

吃上瘾了，天天往那儿跑，自然而然也就与罗艺菡熟络了起来。常谈，变为长谈，而后又进展为深谈，这才知道，现年49岁的她，在奥什的创业，走的是一条崎岖的道路。

初来奥什时，她和亲戚一起在克拉苏批发市场卖鞋子。

游人如织的克拉苏批发市场，我曾逛过。那儿的小商店，全都是利用集装箱改装的，鳞次栉比，密度惊人。商品种类包罗万象，要啥有啥，看得我眼花缭乱。这个地方，实在太大了，走了一个多小时，还逛不到十分之一哪！

"集装箱里没有装置冷气和暖气。"罗艺菡苦笑着回忆，"冬天气温降至零下 20 摄氏度，寒风凛凛，冻得连嘴唇都变成黑紫色。夏天，飙升至 30 多摄氏度，坐在铁皮铸成的集装箱里，热得冒烟，直想把身上那层皮剥下来！"

初到异域的罗艺菡，语言不通，寸步难移。

"俄罗斯语是当地的官方语言之一，人人会说，我买了一套图文并茂的俄文书，下定决心学会它。当时，我寄居在一户乌兹别克族家里，夫妇俩有五个孩子，他们轮流教我。俄语中有些基本的卷舌音，非常困难，我的舌头卷得几乎溃烂了，还发不出来。下了拼死的决心，日练夜练，最后终于发现了一个窍门——以颤动着的舌头顶住上颚，靠气流把语音传送出去，这才破除了那个可怕的障碍。障碍一去，势如破竹，进步神速。"

如此日夜不分地苦学不辍，出门去时，已能用基本俄语和当地人沟通交往了。她持续不断地活学活用，越学越顺，越顺越精；现在，一口俄语已说得如水般流畅了。这时的她，已全然适应了异乡生活。

正当一切上了轨道时，第一个要命的打击来了。

她的亲戚把 12 万双鞋子批发到邻国乌兹别克斯坦去，遇上商场骗子，分文都收不回来。

对着泼泻一地的牛奶痛哭流涕，纵是哭得天崩地裂，也于事无补啊！痛定思痛，她决定转售床单、被子等日常用品。靠着诚信，生意蒸蒸日上，利润滚滚而来。正当她以为迎来了生命里的另一个春天而欢欣鼓舞时，第二个打击却接踵而至。

那是 2010 年，吉尔吉斯斯坦发生了严重的种族暴乱事件，吉尔吉斯人和乌兹别克人互相残杀，血流成河，酿成了死伤无数的大悲剧。

回忆起 6 月那夜的情景，罗艺菡记忆清晰如昨。

她双眉紧蹙地说道：

"一连串好像鞭炮的声音将我从梦中惊醒，坐起身后，才发现那是恐怖的枪声。往窗外一看，人影奔窜，喊打喊杀之声此起彼落，我心胆俱裂，可那仅仅是一个开始。次日，情势恶化，到处放火啊，打砸啊，杀戮啊，强奸啊，我独自居住在楼房里，像头困兽，插翅难飞，一筹莫展！"

更糟的是，事出突然，家里没有囤积粮食。楼下不远，就是百货商店，可是，谁敢离开家门半步呢？再说，那时，每家店子都把大门锁得紧紧的，谁敢开门营生？

"我住二楼，左邻右舍，全都是吉尔吉斯人，幸好平时大家都相处得不错，危难之际，他们都发挥了守望相助的精神，有户邻居给我送来了一只大羊腿，另外几户邻居则送我面包和干粮以供我果腹，真令人感动啊！"

靠着这些温暖的援助，度日如年的她，挨过了好几天，等局势稍稍受到了控制后，她便逃到乌鲁木齐去避难，在那儿待了一个多月，才敢回返奥什。

骚乱平息后，通向邻国乌兹别克斯坦的其中一个大关卡被关闭了，原本生气勃勃的批发市场首当其冲，生意一落千丈！

璀璨的春天，变成了萧瑟的冬天，罗艺菡不愿坐以待毙，积极谋求冲出重围的机会。

中国有许多企业集团到奥什发展，来来往往的中国人很多，敏锐的她，从中嗅到了商机，决定开设一家中餐馆。

2012年，"上海餐厅"在奥什开张营业。

罗艺菡千里迢迢地从四川请来了厨师，给中国人做地道的餐食，在为他们解馋的同时，也为他们释放思乡之情。

"奥什很多独特的食材，都能做成很好的菜肴。"罗艺菡滔滔不绝地说道，"比如说，这儿盛行斗鸡，而斗鸡的肌肉特别发达，肉质坚实而不坚硬、柔嫩而不柔软，用来炖汤或红烧，又鲜又甜！还有啊，本地捕获的苏达克鱼，肉质嫩滑，用以清蒸，百吃不厌呢！"

奥什境内有大量的高山湖泊和冰川，水资源异常丰富，而许多大型的发电厂和水电站，为全国提供了充沛的电力，水电的收费惊人地廉宜，这对于经营餐馆生意者来说，是一个很大的优势。

罗艺菡衷心希望以后能吸引当地人成为餐馆常客。

"本地人呀，光爱吃肉，不爱吃菜。有一家人，全都长得粗粗壮壮的，每次上门来，点的都是大盘的肉。他们把餐馆的椅子坐得咯吱咯吱响，老实说，我真的担心他们会把椅子压坏哪！"她边说边笑，"他们总认为，绿叶子的青菜好比给牛羊吃的草，一看到就皱眉；他们也不爱吃豆腐和豆芽等营养丰富的东西。然而，中国人却能以此变幻出万千菜式，所以嘛，我希望能在当地电视上争取到一个美食节目，教观众怎样用中国人的食材结合肉类，以荤素相配搭的完美方式，凸显中国菜的精华。比如说吧，简简单单的木耳炒肉片，就是一道很棒的菜肴，木耳有助于降低血压，是肠胃的清道夫，当它吸收了肉片的鲜甜后，真的美味绝顶啊！我希望在教导美食的当儿，也能帮助当地人深入了解中国的饮食文化。"

漂洋过海来此创业的罗艺菡，有着一股轻易不妥协的坚韧。她跌倒了，快速爬起；爬起来时，她一点儿也不担心会再跌倒，因为她的心已经长出了一层厚厚的茧，百事不惧、无难不克。

石疗

吉尔吉斯斯坦境内河流、湖泊、山泉极多，丰富的水资源使它成了中亚地区旅游疗养的名胜地。

人口 90 余万的大城贾拉拉巴德（Jalalabad），就坐落于吉尔吉斯斯坦西部。这儿有家历史悠久的山泉休闲中心，遐迩闻名。山上泉水清澈，蕴含丰富的矿物质，据说能治百病，慕名而去者，数不胜数。

抵达贾拉拉巴德次日，我便雇了一辆车子，兴冲冲地赶去了。山不是很高，但是狭窄，十分别扭地成 S 状绕来绕去。颠颠簸簸地左弯右拐，行行重行行，终于，到了。

一看，便忍不住"哎"地叫了一声。

十分失望。

大模大样地矗立于半山处的这家休闲中心，建筑外形四四方方，一本正经的，像个火柴匣子，呆板得叫人兴不起任何旖旎的联想。

事后查实，在苏联解体前，这是一家疗养院。1991 年吉尔吉斯斯坦独立之后，才改为山泉休闲中心。我听说有好些医术精湛的俄罗斯医生选择留下来，改行当休闲治疗师，而我最感兴趣的，便是百闻而不曾一试的"热石疗法"了。

在登记处说明来意，可那职员却双眉紧蹙地说：

"轮候名单很长呢，可能要等上好几个

小时！”

既来之，则安之。

我等。

这一等啊，居然是长长的五个小时！

为我进行石疗的，是一位女治疗师，俄罗斯人，五十开外，圆圆的脸庞白白的，好似刚刚发酵好的面团；宽宽的袍子裹着发福了的身体，宛如一株在酒里浸泡得很好的人参，整个人看起来异常可口。

我注意到，她有一双兴高采烈的大手，尽管忙个不停，可一点儿也不显倦怠。房间里有个小电炉，电炉上搁了一只小锅，锅里盛满了山泉水，还有大大小小的石头。此刻，这双手，就精神奕奕地翻动着锅里的石头。她一面搅动，一面解释：

“这些都是火山石，具有丰富的矿物元素。它们质地不同，吸热与散热的功能也不一样。有些只能保持五分钟热度，有些却能保热长达一个半小时。它们就像人一样，各有各的脾气，所以呢，我就依顺它们的性子，用它们为人体不同的部位按摩。”

我依照指示，脸朝下、背朝上，躺在床上。

她软硬适中的大手，一触及我的颈项和肩背，立刻毫不含糊地说道：“你一定是做文牍工作的，颈椎都硬化了呀！”接着，又说，“哎呀，你的坐骨神经也不好，端坐桌前的时间太长了！”

一语中的，真行呀！

泉水煮沸了，石头煮熟了，她用夹子一一取出，放在大盘里，在我背上涂抹了精油之后，以双手紧握石头，沿着人体的脉络，纯熟而飞快地运行。我觉得有一条火烫的龙、一条活力充沛的龙，劲道十足地在身上飞跃、游走，一丛丛、一簇簇、一团团的小热、中热、大热，像一枚枚爆竹，这里那里热热闹闹地燃放着，噼噼啪啪、噼噼啪啪，整个人宛若被抛入火丛中，但是，那种钻入骨髓的热，并没有带来灼痛的感觉，反之，原本拉得紧紧的经脉，却因这一波一波的热浪而大大地舒展了。我感觉到前所未有的松弛，肩背也有了棉花般的柔软。

棒，真棒呀！

在这个生活水平低下的国家里，上述长达一个小时的石疗，仅仅收费 500 索姆（折合新币 12 元）。

离开治疗室时，这位长得很"美味"的治疗师突然问我：

"你能否介绍我去新加坡工作？"

她晶晶发亮的双眸里，装满了无限的向往和美丽的憧憬。

在旅途上奔波多时的我，在这一刻，想家了。

第二部分

美洲

◎ 危地马拉

吃蛇羹的女人

那天，在危地马拉城（Guatemala City）古老的街巷里闲闲地逛着时，忽然看到一家中餐馆门口站着一名慈眉善目的华人妇女。

饥肠辘辘，毫不犹豫地迈了进去。

那位妇女，是"好好餐馆"的东主冯绮云。

我在翻阅菜单时，她问："你们吃鱼头吧？"我答："哎呀，鱼头是我的最爱呢！"她说："我刚刚焖了一个大鱼头，送一碗给你们吃吧！"我立刻眉开眼笑。点了个西兰花牛肉，正想再点别的时，她阻止："够了，够了！"

她亲自给我们端来了一碗热气腾腾的焖鱼头，让我味蕾叹服的，倒不是那鱼肉的异常嫩滑，而是那鱼皮出奇的厚、出奇的软，味似海参而又胜于海参。冯绮云笑眯眯地说道："这条石斑鱼，足足重达 22 公斤呢！我将鱼头和鱼皮加了香料慢火焖煮、鱼骨熬汤，留着自己享受；鱼肉呢，就打成鱼饼和鱼丸，卖给食客。"我笑道："你真是物尽其用啊！"她也笑："精华留给自己呢！"

冯绮云健谈，貌似半百的她，实龄已达 68 岁。她是香港人，丈夫是危地马拉土生土长的华裔，经营家族传承的售米业。有一回到香港办事时，与她一见钟情，缘结终生。

"移居到危地马拉那一年，我才 28 岁，一句西班牙话也不会，对商务也一窍不通。但是，'马死落地行'呀，凡事只要咬紧牙关，总能应付的！"

学会了西班牙文而又掌握了做生意的窍门后，她与丈夫自立门户，经营餐馆，迄今已 30 余年了。

正谈得高兴时，有个瘦子背着一个麻包袋上门。两人议价，旋踵便成交了。她告诉我，麻包袋里装着的是蛇，一共两条，售 200 格查尔（折合新币 33 元）。她带他进厨房去，我尾随。

杀蛇的过程非常血腥。

瘦子抓蛇，厨师执刀，大刀一挥，蛇头落地，鲜血四溅。最恐怖的是，失去头颅的蛇，不知道自己已经死了，肥肥壮壮、溜溜滑滑的身子居然还猛烈无比地扭来扭去，仿佛在惨烈地抗议。接着，瘦子心狠手辣地把蛇的整层皮剥掉，露出水晶般透明的肉体。让我惊悸、惊怵、惊愕的是，没了头颅又没了皮的蛇，竟、竟、竟然还在死命地扭动着！瘦子用尖尖的刀子将蛇身剖开，取出蛇胆。冯绮云不啻拱璧地端碗去盛，两尾蛇，两粒胆，阴森的墨绿色。

"蛇胆泡酒，如果常吃，听说可以促进血液循环，增强免疫力，对中风病人有一定的疗效。"说着，轻轻叹了一口气，继续说道，"2006 年春节过后，我的长子突然中风，经过抢救，虽然捡回了一条命，但元气大伤，行动迟缓如老人。更糟的是，他丧失了部分记忆，许多经历过的事，问起时，一脸茫然。亲友来探望，他竟问对方是谁？有时，刚刚吃过饭，他却记不起吃了些什么。为了照顾他，我已经忙得团团转了，怎么都没有想到，同一年的年尾，我的丈夫，居然也中风倒地，迄今还瘫痪在床！各大名医都看遍了，可不见起色。有人给我偏方，教我用药酒去浸蛇胆，我也只好试试，希望会有奇迹出现。"

这一线微薄的希望，变成了她坚强地活着的浮木。

血淋淋的杀戮里，包裹着的是对亲人浓浓的爱。

这个妇人，每每在喂丈夫和儿子吃了酒浸蛇胆后，便用蛇肉煮一大锅蛇羹，坐在冷清的大厅里，一匙一匙慢慢地舀着吃。在袅袅冒着的烟气里，她自言自语："哎，蛇肉可以排毒养颜呢！"说着时，淡淡的笑意犹如蜻蜓点水般浮现在她孤独的脸上。

危地马拉的首都危地马拉城，是个防卫森严的地方。

这么说，绝对不是无的放矢。

初抵当晚，到网上推荐的一家牛扒餐馆拉·普拉苏埃拉（La Plazuela）用餐。来到大门口，惊见三名荷枪的保安员严阵以待地守在大门口。

餐馆东主是土生土长的华裔，说得一口流畅的广东话。餐后闲聊，问他为何要雇用那么多保安员，他余悸犹存地透露：六年前的一个晚上，有四名衣冠楚楚的人进来用餐，点了许多食物，津津有味地慢慢享用。到了打烊时，顾客都走光了，他们还滞留着。他坐在收银机旁点算当日账目，这时，其中两个人悄悄溜到门外去，联手制服了保安员；另外两个人则取出枪械，对着他。他说："唉，我除了双手把钱奉上，还能做什么！"

从那一回起，他便把保安员增加到三名了。

他指出，在危地马拉城，餐馆和商店，几乎家家都雇用保安员，"保安"这门行业因而"一枝独秀"。每名保安员的月薪是 4000 格查尔（折合新币 600 余元），对店东来说，这是一笔沉重的负荷，但不雇用的话，却又会活得像惊弓之鸟，正所谓"花钱挡灾"啊！

饱餐之后，我们想走回旅馆，权当散步，可餐馆东主却一再劝阻："万万不可！许多歹徒，总在夜里伺机作案，尤其是游客，更是他们下手的对象。"

旅馆就在不远处，我们却不得不电召计程车，当车子在路上奔驰时，我发现路灯极暗，许多地方甚至不设街灯。这些黑暗的角落，无形中便成为犯罪的渊薮了。

一般商店，晚上八点过后，便拉上了栅栏门，通过铁条间的缝隙进行交易。这种情况，使人不得不为危地马拉城的治安深感忧虑。然而，离开首都而逛游了其他七个城市，我却讶异地发现，除了首都治安欠佳外，其他城市都恬静安好。

在湖畔城市帕纳哈切尔（Panajachel）邂逅了来自马来西亚的陈珍妮，她原本旅居夏威夷，来此旅行时，迷上了这个风景优美而生活安宁的地方。移居于此，20 多年来，就在这个玛雅人聚居的地方过着与世无争的悠闲日子。她说："帕纳哈切尔真是人间天堂啊！"然而，一提及首都危地马拉城，她便皱眉："那个地方，危机处处，必须步步为营，非不得已，我绝对不去。"

另一名旅居西南部城市克萨尔特南戈（Quetzaltenango）的美国女子莎莉，有一回到首都去办事，就发生了一桩让她发怵的事。她忆述道：

"我一向警觉性极高，尤其是到危地马拉城去，更是如履薄冰。那天中午，我从市区乘搭公共汽车到市郊去，车程约 40 分钟，不知怎的，在大白天里，我竟然不可思议地打了个盹儿，一觉醒来时，发现皮包还紧紧地被我攥在胸前，蹿得老高的心才落下来。可是，到达了目的地，一打开大皮包，才惊觉里面那个装满了钱和证件的小皮包竟然不翼而飞了！这个小皮包肯定是在我睡去时被扒走的，然而，它究竟是怎么被扒的，我竟一点儿也没知觉！"

想起了刚刚收到的那一则短信，我忍俊不禁。

好友得楠与思齐的儿子林子欢，年仅 11 岁，性子慧黠，知道我在危地马拉旅行，发了一则短信给我：

"阿姨，您到危地马拉的玛雅遗迹时，记得一定要寻找价值千万的玛雅水晶骨头。据说用这骨头对准人的眼睛，可以催眠人哦！"

那么，这莎莉，是不是碰上了持有玛雅水晶骨头的人呢？

是不是啊？

爱鞋的女子

在危地马拉的长途公共汽车里，我邂逅了来自美国的年轻女子菡娜。

一头柔柔滑滑的长发，闪着旭阳的亮光；一双干干净净的眸子，透着海洋的色泽；整个人，充满了一种澎湃的活力。和她时髦外表毫不相衬的，是那个鼓鼓囊囊的布袋，超大，看起来沉甸甸的。

在车上，我们坐在一起，自然而然地聊了起来。

我指了指她的大布袋，笑嘻嘻地说："你的行李，好特别呀！"她也笑，说："不是行李啦，是工作包，里面装的都是鞋子和皮革。"

菡娜在危地马拉从事的是制鞋业，有趣的是，她在美国大学修读的却是风马牛不相及的人类学。她一向嗜鞋成癖，家里特辟一个空间收藏各式鞋子。几年前大学毕业时，刚好朋友有意招人在危地马拉发展制鞋业，她便毛遂自荐。从此，一头栽进鞋子的世界里，过着兴趣与稻粱圆融结合的快活日子。

"一般人只关心衣服穿得美不美，却很少注意鞋子穿得好不好。"菡娜娓娓说道，"其实，长年穿适脚的好鞋子，是可以延年益寿的。"

菡娜给好鞋子所下的定义是："舒适、美观、耐穿。"她从布袋里取出了一双鞋子，递给我，说："你看看。"我看了又看，爱不释手。好奇特、好新颖、好标致啊！她突破传统，别出心裁地以五彩棉布配搭上好皮革，形成了一种独树一帜的崭新风格，个性彰显。她说，鞋子款式，千变万化，便宜者百余美元，贵者三百余美元，视款式的简繁与用料多少而定。

菡娜嘱我试穿，我一穿上，便"噢"了一声，讶异于皮革那种令人难以置信的极端柔软。菡娜微笑地透露：鞋子外层使用的是牛皮，牛皮质地好，用以做鞋子，形状特美，可是，它质硬，必须用化学物质加以软化。脚部皮肤如果长期和这些化学物质接触，恐怕不利于健康，所以，鞋子内层选用猪皮。猪皮柔软适脚，不需软化，只需注射利用植物制成的防腐剂便行了。

菡娜设厂做鞋，却不设店卖鞋，一切只靠网上交易。顾客可以在网上选择既定款式，也可以另行设计。菡娜接到订单后，便去买料子。鞋子做好后，通过网上收取款项，然后，空邮寄出鞋子。一般，整项交易约需六周完成。

顾客穿了鞋子出席聚会，别具一格的鞋子自然而然地成了注目的焦点，一传十、十传百，为菡娜带来了应接不暇的生意。如今，她每个月在网上可完成大约 200 宗交易。

询及远到危地马拉设厂的原因，她表示危地马拉有个小镇帕斯托罗斯（Pastores），制鞋历史长达百年。万余人口清一色是玛雅人，多数从事制鞋业，手艺精湛，在中美洲遐迩闻名。

菡娜的制鞋厂设在古城安提瓜（Antigua），她以超高的薪金聘用帕斯托罗斯小镇绝好的制鞋师傅，将技艺手把手地传授给她所雇用的制鞋工人。这些工人，过去虽然都是从事制鞋业的，可是，他们做的是低层次的流水作业，而且，只做用料极粗的便宜鞋子。习惯于粗制滥造，态度难免流于马虎。改变工人的制鞋概念，是菡娜的首要之务。她深谙有钱能使鬼推磨的道理，实施"高薪养优"的政策，务求工人把工作一丝不苟地做得尽善尽美。工作一出现纰漏，立马开除。工人为了保住优质饭碗，都倾尽全力，结果呢，训练出来的 15 名制鞋匠，个个身手不凡。全无后顾之忧的菡娜，遂得以专注于设计工作，奔波于各大城市，亲自挑选花式独特的棉布和质地上乘的皮革。

聊着聊着，不觉时光飞逝。

抵达了目的地后，菡娜背着那个大布袋，下车，步履轻快地向前走着。

布袋虽重，但是，她的肩、她的背、她的腰，压不低、压不驼、压不弯。因为呀，布袋里满满地装着的，不是皮革、不是鞋子，而是她的梦、她的理想、她的快乐。

我眼花缭乱。

街市上缤纷的鲜花、衣裙上斑斓的绣花、陶瓷品上绚丽的绘花、木刻品上浮凸的雕花……

一道一道缤纷绚丽的色彩，像闪电，热热闹闹地互相撞击，撞出了满天满地令人目迷五色的华彩；而人潮熙来攘往的杂沓、讨价还价的巨大声浪，也汇成了震耳欲聋的喧嚣。

危地马拉的齐齐卡斯德南戈（Chichicastenango）集市，是全中南美洲规模最大者。

自 15 世纪开始，每逢星期四和星期天，玛雅人便会聚集于此，做小买卖。赶集对于他们来说，就像日出日落月升月降一样，已成不变的规律。随着人口的增加，原先的小集市，宛如宣纸沾上水渍，越扩越大，终于形成了今日令人咋舌的大规模，也变成了危地马拉一个耀目的旅游亮点。

齐齐卡斯德南戈是玛雅人的聚居地，有人说，要了解今日玛雅人的生活面貌，必须来此一逛。它不是为旅客而设的，反之，它是一道生活的河流，铺满了生活琐碎的甜蜜、充斥着生活细碎的纷扰，给原本安静的城市带来了活泼的生命力。

玛雅女子一向喜欢强烈色调，她们的衣呀、裙呀，总是细致地绣着绽放的花卉或是繁复的图案，当她们走动时，颜色便迤迤逦逦地流满一地。她们尊重传统，缝制一袭这样的衣服，耗时费事，但是，可穿多年；不像都市女子，追随潮流，满柜衣裳，等潮流一过，便弃若敝屣。

我取出了相机，没有想到，她们如见鬼魅，快速转头他向，有者用布盖头遮脸，有者索性把整个头颅埋进膝盖里。犹记得20多年前，在墨西哥的玛雅集市，玛雅人便是千方百计地逃避镜头的，因为目不识丁的玛雅人迷信相机会将她们的灵魂摄取。

今日，全世界已经起了翻天覆地的大变化了，可玛雅人却依然迷信如故，原因是不言而喻的，玛雅人没有与时并进，她们依然多生多养而又不注重教育。在集市里走动的许多玛雅女子，孩子就像圣诞树上的装饰品，左一个右一个、手抱一个背驮一个，圆圆大大的肚子里还装着一个。孩子生下来后，只顾喂他们的肚子而不管他们的脑子。孩子长大后，便一成不变地跟着父母的老路走。务农者继续务农、赶集者继续赶集，而许多迷信的观念也继续沿袭。

游客一来到这儿，全都变成了浓腻的蜜糖。中老年摊贩，化身为苍蝇，飞绕不休；小孩呢，化为蚂蚁，紧缠不舍。

为了稻粱谋，玛雅人都学会了几句蹩脚的英语来和游客议价，然而，他们那种漫天要价的做法，使议价在这儿成了一种"斗智"活动。比如说，一张小小的织锦书签，要价60格查尔（折合新币10元），杀价之后，以10格查尔成交。我付了120格查尔，买了一打。事后，有人告诉我，每张书签尽多只值5格查尔。哎呀，在这场斗智游戏中，我彻底败下阵来了。

有时，斗智失败，是因为在议价时掺入了同情的成分。

许许多多到此开摊营生的玛雅人，是住在深山野岭的村庄里的。他们必须在开摊的前一天，带着帐篷、带着货品，翻山越岭，迢迢前来。次日凌晨三四点，就得起身打点一切，在晨曦初露时，便得开摊了。到了下午四点左右，又得大费周章地拆除帐篷，收拾货品，长途跋涉回家去。

当天下午，在大家纷纷扰扰地准备收摊的当儿，我看到一个摊主拿着一个木雕的玛雅头像，自己喊价而又自己削价："400格查尔，有人要吗？ 300？ 200，200就好了。要不然，100吧！"由400降到100，却还是没人问津，他咬了咬牙，豁出去了："50，只要50！"凄凉的声音，曳在越来越空荡的集市里、摊子旁，有几个孩子在吮吸手指，几双圆圆的眼珠，愣愣地瞪着满地的清冷与狼藉……

往事只能回味

尽管只开发了相当于原址的 5 %，可是，此刻，站在玛雅迷城蒂卡尔（Tikal）上，我还是大大地震撼了。

六座巍峨无比的金字塔神庙，傲然矗立于危地马拉北部的丛林里，奇峭、奇伟、奇特。

当我沿着以石灰岩构建的坚实梯阶攀爬而上时，啧啧又啧啧地赞叹又赞叹。啊，公元300 年左右，在科技极端落后的时期，这个辉煌得令人咋舌的玛雅城市蒂卡尔，究竟是如何建成的？单单切割那坚不可摧的石灰岩，便有难以想象的高难度了，更遑论构筑那气派不凡的建筑群了。

蒂卡尔这个规模宏大的玛雅城市，建在沼泽环绕的丘陵上，由九组恢宏的建筑和一个宽敞的大广场组成，间有桥梁和堤道相连，建筑格局严谨周密，是危地马拉在玛雅时期最大的城邦。

难怪有人说，如果要追溯古代玛雅人曾经有过的灿烂文化，就非得到蒂卡尔不可；而游览蒂卡尔，也成了今日许多游客迢迢千里地到访危地马拉的一大原因。

当我气喘吁吁地攀爬到金字塔顶端而向下俯视，看到远远近近的断垣残壁时，心中却又泛起了比赞叹更甚的迷惑。

蒂卡尔这个人口麇集而曾经盛极一时的玛雅古城，究竟是在什么情况之下被弃置的呢？

弃城真相，众说纷纭，莫衷一是。

根据有关专家揣测，也许是人口过于膨胀，水源和耕地不足，为了求取基本的生存，不得不集体迁徙他处，故这里成了迄今所知的最大的玛雅遗弃古城；也有专家推测，当年瘟疫肆虐，造成了大量的死亡，细菌在城里处处氤氲，玛雅人迫于无奈，不得不弃城他去。

这个于1696年发现、于1848年发掘而于1955年对外开放的古城蒂卡尔，着实展示了玛雅人的大智慧、大勇气，体现了玛雅人坚毅、坚韧与坚强的开创精神。

众所周知，在西班牙人入侵美洲大陆之前，玛雅文化是水平最高的印第安文化，在天文学、数学和建筑学等方面，都有很杰出的研究成果，他们还发明了现今尚未解读出的象形文字哪！

再来看看今日玛雅人的生活面貌，就不得不令人对"今非昔比"的情况慨叹莫名了。

在危地马拉，玛雅人约占总人口的65%，目不识丁者居多，其中超过40%以务农为生，余者多数从事劳力工作。

玛雅人相信多生多养是天赐福泽，他们盛行早婚，一家人拥有八九个孩子是常事。尽管危地马拉政府提供免费教育，可是，许多落后贫瘠的农村没设学校，要让孩子接受教育，必须长途跋涉地送他们上寄宿学校，膳宿、校服、课本，都需要钱，家里腾不出这样一笔费用；再加上务农人家需要人手，许多家庭，早早就让孩子下田帮忙耕种了。女子不下田，也留在家里做做手工女红，再把做成的手工艺品送到集市去，向游客兜售。

在玛雅家庭里，孩子失学、辍学，家长绝对不当一回事。最关键的是，玛雅人根本不注重教育。上一代、这一代、下一代，都是文盲、文盲、文盲，形成了一种恶性循环。

然而，要改变生活质量，教育，恰恰就是那一根"点石成金"的仙棒。可悲可叹的是，玛雅人看不到这一点。

曾经盛极一时而在各大领域绽放万丈光芒的玛雅人，如今却在危地马拉的贫穷线上艰苦地挣扎着，住在简陋的屋子里，为了三餐的温饱而日夜拼搏。过去的光辉，只是镶嵌在梦境里的一道金光。

往事只能回味。

那墨黑的液体里，藏了一丛温柔的火。入口之后，那火，便化成了一股强劲的力道，在味蕾上、在五脏六腑间，蜿蜿蜒蜒地烧出了一种烟熏的香味儿。

这种蕴含着神秘炭香、浓郁而又活泼的咖啡，就是遐迩闻名的安提瓜咖啡了。

我老是觉得，安提瓜咖啡是在一块充满了悲剧的大地上茁壮成长的。

安提瓜这个城市，位于危地马拉的中南部，16世纪由西班牙殖民者建于海拔1500米的山谷上，风光优美宛若世外桃源，曾被誉为中美洲最古老而又最美丽的城市。然而，由于地理位置的关系，在历史上曾遭逢多次地震和火山爆发的摧残。到了1773年，一场毁灭性的大地震使这个盛极一时的都城在瞬间坍塌成瓦砾，也在弹指间夺去了它曾有的繁华与绚烂。后来，虽然重建了，如虹气势不复再现，而西班牙殖民政府也迁都到危地马拉城。

留在安提瓜的印第安人，成了咖啡的种植者。安提瓜有肥沃的火山土壤、充沛的雨量、温暖的阳光，这种种天然条件都有利于孕育优质咖啡品种。

站在菲拉德尔菲亚咖啡种植园（Filadelfia Coffee Resort）里，听讲解员罗拔讲述安提瓜咖啡的特色：

"我们将他国最好的咖啡苗引进来，进行

嫁接，求取最好的味道。有些咖啡，味厚而浓，但失于过甜，而且，树苗的根过于纤弱，易折、易腐，很难照顾；有些咖啡，根部强劲，味苦带甘，但厚度不足。两者嫁接，各取其长，能够达致最好的效果。"

嫁接工作，十分烦琐，只能聘用女工，因为女工手指纤细。

"咖啡树，就好像娇气的公主一样，需要每时每刻加以细心的呵护。"罗拔妙趣横生地说道，"它需要阳光，但是，阳光太猛又不行，所以，必须中间种植其他的树木来为它遮阴；然而，纵是遮阴树，也必须精挑细选，必须挑那些不必太多养分便能长高长壮的树，否则，会分薄了咖啡树的营养。"

咖啡树的平均树龄是 25 年，种下三年后，才能有第一次收成，此后，一年收成一次。咖啡豆成熟时，必须一颗一颗地摘。

现在，正是咖啡成熟的季节，一颗颗娇滴滴的果实，点缀在枝丫间，宛若一丛丛艳红的火旋舞于一片绿海中，风来时，红光点点，闪闪烁烁，煞是好看。

罗拔从树上摘下了几颗果实，放在掌心里，颗颗硕大、饱满、亮丽。罗拔表示，香气醉人的咖啡豆，就藏在果实内；奇妙的是，咖啡果实那层鲜红色的外皮，不是一无是处的，把它剥下，碾碎，还可以酿酒呢！

"许多国家使用机器来烘干咖啡豆，省时、省工、省力，可是，在安提瓜，我们却利用阳光暴晒而以人工加以翻动。咖啡豆吸收了阳光的精华，会散发出一种豪爽的清香，碾成粉末后，能够带出一种像骏马奔腾般的强劲力道。"

罗拔表示，其他国家的咖啡厂，会按照国民的口味与需求，加糖、加牛油或加入巧克力粉，炒成口味截然不同的咖啡，但是，在安提瓜，却不加任何调味品去炒，让饮者品其充满奔放野性的原味。

啜饮着自信满满的安提瓜咖啡，我不由得生出奇想：火山的多次爆发，曾使安提瓜蒙受重创，为了给饱受天灾的安提瓜人一些补偿，火山的魂，遂钻进了安提瓜的土壤里，让勤劳的印第安人得以种出这种含有烟熏炭味儿的奇特咖啡，令之名扬四海，从而使生活在这块土地上的人心灵得到一定的抚慰。

是不是这样呢？

此刻，宛如骏马的咖啡，在我的味蕾上恣意驰骋，扬起了一阵又一阵的烟熏炭味儿……

我想，我已找到了答案。

◎ 哥伦比亚

贫民窟

到麦德林（Medellin）去，心里充满了好奇。

麦德林是哥伦比亚的第二大城市，曾经是个使人心惊胆战的毒枭大本营，在 20 世纪八九十年代，恶名昭著的贩毒集团四处横行，犯罪率居高不下，使麦德林成了令人闻风丧胆的城市。1991 年，毒枭被歼灭后，有关方面进行了大刀阔斧的整肃，据说现在已成了一个脱胎换骨的美丽城市。

果真如此吗?

乘搭缆车到数十万人聚居的贫民窟去看，当地人都劝我们切莫进去乱走乱逛，因为那儿狭窄的巷子如蜘蛛网星罗棋布，三教九流混杂而居，即使是大白天，也不安全。

我们从善如流，只从缆车上俯瞰。

啊，真是一个叫人吃惊的地方。

屋子挤挤密密地依偎着，营养不良的瘦削小巷，毫无规则地穿来插去。巷子里垃圾处处，腐臭的气息阴阴氤氲。屋子多是石砌的，屋顶是极薄极薄的锌片，据说强风一来，锌片便会被风硬生生地掀掉，所以，许多居民在锌片的四个角落压上大大小小的石块，看起来显得非常"褴褛"。

缆车沿着山路吃力地向上攀爬，爬、爬、爬，到了山顶时，跳出缆车，赫然看到一幢巍峨的建筑突兀地伫立着。

杂乱无章的贫民窟，怎么竟然会出现一栋好似梦幻般的宏伟建筑呢？

　　原来当地政府企图利用软性力量来减少贫民窟的犯罪率，所以，2007 年刻意在此兴建一座设备齐全的图书馆。

　　图书馆每周开放七天，早上八点开，傍晚七点关。

　　藏书非常丰富，每人每次可借多达 16 部书，借期 10 天。此外，还为成人与孩子定期举办各种免费的学习课程与活动。

　　此刻，在阅览室里，青少年心无旁骛地执卷而读；活动室内，小孩儿津津有味地聆听故事；电脑室中，老老少少聚精会神地上网浏览。

　　图书馆职员爱丽丝深思熟虑地说道：

　　"我们尝试通过书籍丰富孩子们的精神世界，以励志故事为他们空白的人生格子填入璀璨的希望、以多样化的益智活动启发他们的智慧、以网络开拓他们的视野。等他们培养了定时上图书馆的良好习惯后，他们所看到的，就不再是目前一无所有的苍白困窘，而是未来无限可能的七彩憧憬！"

　　她带我们到展览室去看孩子们的画作。

　　"我们每年都为这一带的小居民举办绘画比赛，展出得奖画作，借以激励他们，培养兴趣和信心。"

　　在孩子们的画作里，我看到了绽放于沃土咧嘴而笑的向日葵，也看到了无羁地追逐阳光的小狗儿；我看到了举家出游的天伦之乐，也看到了莘莘学子埋首学习的读书之乐。画作里所没有的，是贫穷与邋遢，是消极与颓废。

　　在贫民窟里建设图书馆，真可说是高瞻远瞩的举措呀！

爱丽丝透露，过去，贫民窟的的确确是可怕已极的犯罪渊薮，殴斗、抢劫、偷盗、绑架、谋杀，无时不有，整个地方像一粒剧毒的大脓疮，让人触目惊心。可是，近年来，政府决心改变国家的负面形象，一方面大力扫荡犯罪活动，另一方面处处派驻警员，维持治安。现在，贫民窟虽然还是大家避之则吉的"地雷区"，可是，情况已大为改善了。

　　治安问题确实不是短期内便能彻底解决的，可是，爱丽丝乐观地表示，在软性力量的长期熏陶下，贫民窟的治安问题，或迟或早总会有药到病除那一天的。

　　乘搭缆车离开前，回首一望，那座图书馆，在明晃晃的阳光下，闪闪烁烁地化作了一颗价值连城的大钻石……

隐藏的美

卡利（Cali）是哥伦比亚的第三大城市，那天早上，我和日胜在热闹的广场上散步时，有个中年汉子操着异常流利的英语前来搭讪：

"嗨，喜欢卡利吗？"

"建设得很好啊！"我答，"很现代化呢！"

"一般人只知道卡利是个纸醉金迷的城市，可是，他们却看不到卡利隐藏着的许多惊人的美。"说着，他亮出了导游证，"我可以带你们好好地去感受。"

一天的导游费，扎派塔索取 10 万比索（折合新币 65 元）。

我们反正闲着，便上了他的车子。

现年 42 岁的扎派塔，谈及卡利过去的治安，余悸犹存地说：

"那时啊，灯红酒绿的夜总会内人人醉生梦死，然而，外面的大街小巷里，毒贩之间因格斗而引发的枪击之声，清晰可闻。毒品和枪械，处处泛滥，我和家人在寝食难安的情况下，不得已而移居美国。"

在异国生活 20 多年后，他妻子患上了严重的关节炎，忍受不了纽约酷寒的冬天，于是回返了哥伦比亚。他妙趣横生地说：

"夫妻就好像一双鞋子，其中一只坏了，一定得好好修补，一双脚才能重新找回属于它们的幸福呀！"

重归故里的扎派塔，发现卡利已成了一个截然不同的城市——治安好、市容整洁、经济发展稳定。他表示，年轻时，眼睛里有钉子，不论看什么，都会看出窟窿来；最糟的是，老是以为外国无所匮乏，自己家乡一无所有。如今，以一双曾经沧海的睿智眸子看故乡，他惊喜地发现，故乡的美，无处不在。

谈着时，车子颠颠簸簸地驶上了一座不知名的山。

一下车，我就大大地惊叹了。

有人依着山势在山石上进行磅礴大气的雕刻，印第安人神话里许多子虚乌有的形象，活灵活现地盘踞在原本荒芜的山石上，瑰丽鲜艳的色彩游走如龙，使原本空无一物的荒凉山石有了丰富多彩的生命、有了令人咋舌的美丽。我发现，山石原来是有声音的，静心聆听着个个长着想象翅膀的传说和寓言，我且走且看且惊叹。扎派塔透露，这是当地一名雕刻家安德烈斯·戈麦斯（Andres Gomez）自动自发地以长达三年的时间完成的，他不支分文地进行这项艰苦的雕刻工作，只为了让当地土著那些古老美丽的传说能以这种不落窠臼的方式代代相传。

下山后，扎派塔带我们去卡利河畔参观那个奇特的"猫园"。

20 只花枝招展的猫，千娇百媚地伫立于波光粼粼的卡利河畔，只只猫儿的形态、表情、颜色，迥然而异。这是中南美洲各国艺术家的杰作，同样是猫的陶塑品，但却展现了截然不同的风格，看得人眼花缭乱。扎派塔表示，过去，污秽的卡利河臭气熏天，流浪猫徜徉周遭；如今，造型优美的陶塑猫取代了邋里邋遢的流浪猫，清澈的河水光彩照人。卡利河崭新的气象，正好体现了当地政府美化环境的决心。

卡利河两旁，是车辆川流不息的大路，当车子行经这个树木普植而群猫麇集的地方，司机都忍不住探头出来看一看，赏心悦目哪！

下午，扎派塔载我们到一个住宅区去。车子一驶进去，我双眸便化成了铜铃。壁画，处处都是壁画！举凡历史、寓言、神话、爱情、宗教，都是入画的素材，每一面墙壁都在争先恐后地说话，幽静的环境，充斥着无声的喧哗。

看到我满脸激赏，扎派塔自豪地说：

"卡利的美，毫不张扬。它静静蕴藏，等待有心人去发掘。"

唯有生活稳定，人们才有余暇、余力，也才有心思去美化环境。曾经乌烟瘴气的卡利，真的是脱胎换骨了呀！

丰满的笔触

在哥伦比亚，费尔南多·博特罗（Fernando Botero）的魅力，像阳光、像月光，无处不在。

在庄严肃穆的博物馆里，华丽的画框里框着的，是他独树一帜的画作；而全然框不住的，是他浑厚奔放的才气。

在人潮熙熙攘攘的广场上，这里那里摆放着的，是他匠心独具的雕塑；而完全摆放不下的，是他天马行空的创意。

在游客麇集的店铺内，铺天盖地，全是根据他的画作复制的明信片和各式纪念品；而绝对复制不了的，是他不落窠臼的构思。

80多岁而依然创作不辍的费尔南多·博特罗，是哥伦比亚驰骋于绘画与雕塑天地的大艺术家。

过去，只在画册上欣赏过他别具一格的画作；如今，来到了他的出生地麦德林，在以他名字命名的博特罗博物馆（Botero Meseum）里，我好好地享受了一场艺术的盛宴。

呵，那真是一个斑斓开阔的世界啊！

在费尔南多·博特罗的画笔下，几乎到了无物不可入画的境地了，大自然优美的风光、寻常百姓的生活、突出的新闻事件（如毒枭被诛）、各种热闹的节日庆祝和传统礼俗（如婚礼及葬礼）、设计独特的建筑，还有各式瓜果蔬菜、大小家禽牲畜，等等，都缤缤纷纷地以浓墨重彩的方式完美登场。

他的画作，笔触圆润，线条丰满，而最引人注目的，则是他画风的极端夸张。不论绘的是人物或植物、动物或静物，都以肥大的造型呈现，于是，画面上出现的，全是胖男胖女、壮山壮石、肥牛肥马、硕鸡硕鸭、丰瓜丰果。

画中形象所展示的，是一种不受约束的奔放美姿、是一种突破传统的审美观点、是一种无须节制的自由发展；而往深层分析，他要展现的，其实不是胖，而是世人膨胀成病态的欲望。

我注意到，斗牛是他取用不竭的素材，就算是剽悍的斗牛士，在他的笔下，也是胖胖圆圆的，充满了引人发噱的童趣。

爱画斗牛，是与他的成长历程息息相关的。

他四岁丧父，家境贫困。生长在哥伦比亚这个斗牛风气炽热兴盛的国度里，如果成为出色的斗牛士，就能快速摆脱穷苦，于是，他便进了斗牛学校。可是，不久之后，潜伏在他体内的艺术细胞汹涌澎湃地化成了欲罢不能的创作欲望，他当机立断地离开了斗牛学校，转而投入麦德林艺术学校，一头栽进了绘画美妙的艺术天地里。

才华横溢的费尔南多·博特罗，很年轻便名扬画坛，获奖无数。他独具慧眼地将"胖胖的美"发挥得淋漓尽致，形成了别具一格的艺术标志。

我想，费尔南多·博特罗也许是把他的梦想寄寓在"胖胖的美"当中的。他出生于家徒四壁的贫瘠里，又生活于当年贩毒与犯罪活动猖獗的城市麦德林，成长岁月肯定是不快乐的。

如今，旁人看他的画，却总是欢喜，因为在那无懈可击的圆润笔触和鲜明亮丽的色泽里，有着一种无所匮乏的丰盈，展示着一种知足常乐的恬然；有着一种挣脱束缚的豁达，展现着一种率性而为的洒脱。那种令人愉悦的珠圆玉润，隐隐然地透着对丰腴的追求、对桃源的憧憬。

曾经充斥着暴力的麦德林，现在已经是一个治安良好的秀丽城市了，而费尔南多·博特罗的画作与雕塑，又进一步地把花团锦簇的麦德林提升为世人崇敬的艺术殿堂。

麦德林，啊，这个喜滋滋、胖嘟嘟的城市，让人流连忘返。

那天中午，走在一条满是壁画的横巷里，我们的目光，异常奢侈地变得斑斑斓斓的。名字唤作"Sant Just Tralteur"的这家法国餐馆，就坐落于这条五彩缤纷的横巷里。

根据猫途鹰网上旅游指南的推荐，这是哥伦比亚首都波哥大（Bogota）一家极具个性与魅力的餐馆，一周只开六天，每天营业时间从中午十一点到下午四点。

阅读有关资料时，以下这一小段文字触动了我们：

"餐馆老板艾力，深谙待客之道，他自创菜肴，用心烹制。你可以坐在柜台边，一边让美食游走于齿颊间，一边和他海阔天空地聊天。"

餐馆只能容纳区区 50 名食客，我们就坐在柜台边。

老板艾力在柜台里着力地为食物进行盘饰，而当他手上没工作时，便与食客侃侃而谈：

"世人只知道写作、绘画、音乐、舞蹈是艺术，殊不知烹饪更是一门综合性的艺术，它是视觉、味觉、嗅觉、触觉这四者的圆融结合。一盘食物上桌，无异于一项精美艺术品的呈献，厨师又哪能掉以轻心呢？"

柜台旁挂着一个小黑板，写着由周一到周六的菜式。餐馆每天只推出三种不同的菜式和一个汤类，菜单每周更换一次，半年之内，绝不重复。

艾力信心十足地说：

"菜品少，厨师便可以精益求精地把菜肴做得尽善尽美。我们希望达到的境界是：吃一次，记一世。"

哇，吃一次，记一世！

啊，真是豪气万千而又动人心弦的话啊！

今天是星期三，黑板上清清楚楚地写着：

"南瓜汤、焖猪肉、酸菜肉肠、烤三文鱼。"

老板艾力微笑地说道：

"其他的餐馆，多以牛肉和鸡肉为主打菜肴，我们偏不。我们选用猪肉和鱼类，变幻出与众不同的万千菜肴。"

既然菜单只列了三菜一汤，我们全都要了。没有想到，艾力竟然摇了摇头，恳切地说道：

"太多了，吃不完的。你俩只要各点一样，便可以了。"

厨师把做好的焖猪肉递给艾力，他不说话了，只专心一致地做盘饰。只见他小心翼翼地把焖猪肉搁在金黄色的马铃薯泥上面，配上紫色的茄子、红色的萝卜、翠绿的长豆、淡褐的蘑菇。呵，颜色之丰饶，让人不由自主地联想起百花齐放的春天；而那轻轻柔柔如雾般的香气，有脚，娉娉婷婷地徘徊于鼻端。饥饿的感觉，立刻变得穷凶极恶。这表面上看似淡定的焖猪肉，内里却充满了暴烈的激情，肥肉将融未融酥软销魂，而瘦肉却充满了光滑紧致的弹力，小小一块肉，有着百转千折的丰富滋味。

至于酸菜肉肠呢，又是另一幅好风景。包菜放在密封的坛子内长达三周，等它温温柔柔地发出酸味后，取出，用上好的白酒慢火熬煮。甘醇的酒味和柔和的酸味你依我依地交缠在一起，形成了一种绚烂的风情。以它配搭千锤百炼的肉肠，那种感觉，只能用"艳丽"两个字加以形容。

这家餐馆能够做出如此让人倾心的菜肴，却只做中午的生意，为什么呢？

艾力不假思索地说：

"不管从事什么行业，都得劳逸结合呀！厨师一累，便可能失手，做出连自己都感到遗憾的菜肴。再退一步说，我们的工作团队，也需要时间好好地研发新菜式呀！"

艾力经营的是一家小餐馆，可是，他却有着许多发人深省的经营哲学和处世之道。

食物让人"吃一次，记一世"，秘诀其实只有简简单单的两个字："诚意"。

最重要的，这诚意，必须来自心。

一位以"顽童有点儿老"为名的博客，写了一篇有关卡利的游记，内容提及了"皇宫酒楼"的老板陈钢军，博文中除了对他精湛的厨艺赞誉有加之外，还有一小段生动的描绘：

"陈先生恪守祖上的传统，初一全天吃素不动荤菜，他说如果我初一吃了或者动了肉，我妈妈会在遥远的故乡骂我的。"

这陈钢军，可真是一个有趣的人啊！

由于博文里没有附上电话和地址，抵达卡利后，颇费一番周折，才找到了这家装潢美丽的中餐馆。

五十开外的陈钢军，瘦削，但感觉上却有着一种和他体形毫不相衬的壮实，像一株储存了很多能量的树。看到同是华裔的我们，欢喜的笑意由他眸子快速泛滥到下巴。

告诉他，是"顽童有点儿老"那则博文把我们牵引到这儿来的。

他立刻笑道：

"啊，博文我没读，不过，我记得他，是北京人。他来这儿旅游时，正好碰上农历新年，我还邀他回家欢度除夕呢！天涯若比邻，同是华人，就像一家人嘛！"

那天午餐，他为我们安排菜肴。

先上一道烤排骨。

丰腴的肉，嫩软、细致、微焦，一咬下去，层层绽放的好味道在唇舌间缠缠绵绵，而夹在肉里那一层若隐若现的脂肪呢，化成溪，静静流淌。哎呀，真是人间极品啊！陈钢军笑嘻嘻地说道："这是我的拿手好菜呢！"信心十足的样子。

再上一道豆腐焖石斑鱼。

豆腐安静、含蓄，石斑鱼喧嚣、张扬，两者刚好形成了天衣无缝的配搭。内敛的豆腐吸收了石斑鱼的精华，先声夺人地展现出一种荤素缠绕的绝代风华，暴烈而又细腻、奔放而又温柔。石斑鱼不甘寂寞，使尽浑身解数，释放出海洋的气息，那是一种鲜得让人掉魂的滋味。

酒足饭饱，付款时，他竟拒收，而且，十分坚持。我说，我们在卡利还要住好几天呢，哪能天天来吃霸王餐。他笑着说："欢迎你们天天来，下回一定会收钱，放心啦！"

在接下来的几天，果真天天去吃晚餐，大家相处得宛若多年好友。

让我大跌眼镜的是，经营餐馆而做出一手好菜的陈钢军，原来竟是土木工程师！

他于20世纪90年代偕同家人从广东台山远到哥伦比亚来谋生，最初，从事的是室内装修生意，兼做服装批发，常常必须应酬客户，大宴小酌络绎不绝。他爱吃，也懂吃；爱煮，也会煮，每回上餐馆时，总喜欢和厨师打交道，每次尝及让味蕾惊艳的食物，便问："煮这道菜，秘诀是什么呀？"他态度诚恳，人缘又好，厨师总是倾囊以授。回家试煮，一煮便成。积微成著，厨艺渐入佳境，后来，索性改行。

他娓娓说道：

"当厨师的，有诚心，最重要。比如说吧，同样是炒螃蟹，如果食客年轻，就应该炒得干而香，让他们咂嘴咂唇地吃得酣畅淋漓；但如果食客年迈，就一定要炒得较为湿润，便于他们吞咽，留香齿颊。厨师在主炊时，因势利导，才能表现出最大的诚意啊！"

陈钢军认为，"让人吃得饱而不胀，留有思念余地"，才是中餐的最高境界。对于有些餐馆将"一人份"的炒饭做出四人份以招徕食客，他大不以为然。他说，重量不重质，是对食物的亵渎，也是对食客的轻慢。

离开卡利前夕，陈钢军为我们做了烤鸭、春卷、干煎大虾、炒冬粉，还准备了红酒。付账时，几乎大打出手，他才勉强接受我们硬塞到他手里的钱。

卡利这城市啊，因为陈钢军这人，让我们有了永难泯灭的记忆。

当盐花乱飞时

　　一名矿工，头戴安全帽，手执铁锹。只见他双眉紧蹙，肌肉紧绷，嘴唇抿成一条短短的直线，全身的力道都集中在手上的铁锹上。在矿坑里，他使劲地凿，凿凿凿，日复一日、年复一年，凿出了白花花的盐，也凿出了一家大小的口粮。

　　这尊竖立于盐矿大教堂（Catedral de Sal）入口处的铜雕，活灵活现地把矿工的生活苦况全反映出来了。它既是静态的，也是动态的；既是"过去式"的，也是"现在式"的。矿工劳役之曲，从往昔到今日，从没间歇地在锡帕基拉（Zipaquira）这个小镇不绝地响着、响着……

　　锡帕基拉位于哥伦比亚首都波哥大以北数十公里处。它原是寂寂无闻的，可是，被誉为哥伦比亚一大奇观的地下盐矿大教堂建成之后，游客便蜂拥而至了。

　　盐矿大教堂的建设，是和盐矿的开采息息相关的。

　　多年以前，印第安人在锡帕基拉发现了丰富的盐矿，此后，开采矿盐便成了当地一大经济来源；而小镇居民，也就世世代代成了勤勤勉勉的矿工。

　　矿工唱着的，是一阕又一阕生活的悲歌。采矿不但辛苦，还得时时刻刻面对丧失性命的威胁、年年月月罩在健康受损的阴影中。

矿坑塌方、煤气爆炸，时有所闻，避无可避。所以，矿工们都抱持着听天由命的心态，豁达也好，悲观也罢，他们都无法扭转可能面对的舛运。

长年累月地在封闭的矿坑里开矿凿盐，污浊的空气，成了矿工健康的无形杀手。一般，矿工在矿坑里最多只能工作20年，便得退出了。

工作的艰苦、健康的受损，再加性命毫无保障的威胁，在心理上给矿工带来了难以承受的巨大压力，因此，宗教便成了矿工最大的精神支柱了。许多矿工都是虔诚的教徒，他们在挖掘矿盐的同时，也顺着矿坑的天然地势，在地底下建造了一所小教堂，通过祈祷，向神明祈求勇气和力量。

这所建于1952年的小教堂，在使用了40年后，随着矿坑的坍塌而摧毁了。1992年，有关方面用了长达三年的时间，在地底下100多米深的矿坑里，重新挖掘修建了一座全新的盐矿大教堂，成了哥伦比亚一大旅游亮点。

地下盐矿大教堂的入口处黑幽幽的，像个神秘的传说。可是，一走进去，便震撼于它无尽的大。一个又一个坑道，绵延无尽。以为前方无路，一个转折之后，却又延伸出另一条幽深的坑道，据说这儿可以容纳好几千人哪！这所大教堂，是在现代科技辅助下建成的，固若金汤，当地人因此自豪地表示：它至少可以维持300年哪！

在盐矿的坑道里，每隔一段距离，便竖立着一个以盐岩雕成的巨型十字架。黑咕隆咚的矿坑原本阴沉狰狞，然而，改建成教堂后，在五彩灯光的照射下，一个个挺立着的十字架，在庄严里透出璀璨、在肃穆中透出瑰丽。矿工们颗颗被巨大压力揉得皱皱瘪瘪的心，在这儿，宛若干渴的花瓣遇着甘霖，大大地舒展了。

世界上大部分的盐，都是从海水里提炼出来的。海洋浩瀚无边，盐因而价贱如土。可是，当我们近乎挥霍地用大量的盐清洗肉类或擦洗器皿时，当我们漫不经心地把盐东一撮西一把地撒入汤里、菜里时，我们可曾想到，在世界的一隅，有许多矿工，牺牲健康、豁出性命，艰辛而又艰苦地，在地底的矿坑里，一锹一锹地凿取矿盐？

当盐花在厨房乱飞时，你的心，可曾有过一丝一毫的悸动与感动呢？

◎ 巴拿马

飞舞的花魂

曾有人说，每一只蝴蝶，都是花卉前世的灵魂。

此刻，阳光温柔地落在蝴蝶园里那一棵棵不知名的树上，洁白稠密的小花，寂静无声而又热热烈烈地绽放着，五彩斑斓的"花魂"，就尽情而放肆地飞舞于花树间，那种让人双眸招架不住的艳啊，简直惊心动魄！

园主林约翰先生满脸得色地告诉我：

"有一回，我培育了百余只蓝色的大蝴蝶，当蛹羽化成蝶后，满园蝴蝶翩跹起舞，好似蔚蓝的天空突然碎成了许多块，纷纷扬扬地落下来，那种美，是足以蛊惑灵魂的呀！"

出生于巴拿马（Panama）的林约翰，在墨西哥大学修读生物学。毕业后，便在巴拿马北部的小岛科隆岛（Isla Colon）设置了这家蝴蝶园，专门培育蝴蝶。

每当豪门举办婚宴或家宴时，便会向他定购蝴蝶，充作放生的用途。定购的数目，由数十只到百余只不等。每只蝴蝶，售价 3.5 美元。林约翰把蝴蝶装在通风的纸盒里，送去给他们。宴会开始时，每名宾客手执一个小盒子，站在庭院里，在约定的时间内，喊"一二三"，一起打开纸盒，蝴蝶轻飘而出，满天璀璨，美不胜收。

蝴蝶放生，是含有情意缱绻、比翼双飞的寓意的。

林约翰微笑地说道：

"培育蝴蝶是一种美丽，放生是另一种美丽。"

这个在巴拿马曾经盛行一时的美丽风俗，现在已渐渐没落了，许多年轻人甚至不晓得有蝴蝶放生这一回事；唯有一些恋旧的人，却还是会在举办家宴时，向林约翰订购蝴蝶。

素有"蝴蝶王国"美誉的巴拿马，蝴蝶品种上千。每个不同家族的蝴蝶，翅膀的形状和飞行的样子都不一样，身为蝴蝶专家的林约翰，只瞅一眼，便分辨得出，看着满天色泽缤纷的蝴蝶，我迷惑地问道："难道你不感到混淆吗？"他笑道："蝴蝶们是我的好友，我又怎么可能弄乱或忘记好友的名字呢？"

在蝴蝶园里，林约翰的目光随意一扫，便可看出哪些叶子附有蝴蝶的卵。卵的形状因蝶种的不同而相异，有圆形的、椭圆形的、纺锤形的、梨形的等等，颜色也有红、白、橙、绿之不同。

林约翰如数家珍地说道：

"产卵，是蝴蝶发育的第一阶段。等卵孵化成幼虫后，会吃掉大量植物的茎、叶、花、果。不同品种的蝴蝶，嗜食的植物也不一样。基于生物共有的母性，蝴蝶通常会将卵产在幼虫喜吃的植物叶面上，以便为幼虫预先准备好丰盛的食物。幼虫挑食，又耐不得饿，我每天在梭巡园子时，都得密切注意哪一类植物被幼虫噬光了，必须立刻补充。"

他边说边走，忽然，停住脚步，将一片翠绿的叶子翻转过来，上面，紧紧地吸附着五彩的幼虫，天呀，那颜色，简直艳得让人掉魂，红、黄、白、紫、褐、黑、蓝，集百色于一身。幼虫在经过好几次蜕皮之后，便会在植物叶子背面隐蔽的地方，用几条丝把自己悬挂着，然后，逐渐僵化为蛹。为了便于照顾，林约翰通常会把蛹移到温室里。蛹表面上看起来静止不动，可是内里却在进行着痛苦而剧烈的大变化，最后，苦尽甘来，羽化成蝶，冲向蓝空。

此刻，蝴蝶园里的几十只"花魂"，尽情飞舞，视野里到处是像彩虹一样的光彩。蝴蝶寿命短者仅十来天，长者也只能活上两三个月，之后，便在芳华正茂时寂然殒命。

它辉煌而来，辉煌而去，寿命虽短，却绚烂一生。

园圃里，一根根细如竹子的甘蔗倔强地屹立着，长长的叶子，恣意向四方八面伸展着。风来时，娉娉婷婷的甘蔗随风摇曳，叶子泌出的色泽，像一道道绿色的小喷泉。

这个由麦迪经营的甘蔗园，种植的是名副其实的有机甘蔗，不施农药，不用化肥。

"我们把从甘蔗树掉落下来的枯叶收集起来，撬开土壤，深埋进去，充当肥料；长成的甘蔗，充满了自然的甜味。"

和许许多多巴拿马家庭一样，麦迪种植甘蔗，是为了制作蔗糖，而巴拿马蔗糖品质之优，是举世闻名的。

蔗糖制作坊，就设在离甘蔗园不远的地方。麦迪全家老幼十余人，全都忙得不可开交。牛在转动、人在走动，滚滚烟气在袅袅冒升、甜甜香气在悠悠游走，蜜蜂在嗡嗡地飞绕、苍蝇在嘤嘤地骚扰。

甘蔗砍下来后，便放进很大的石磨里，由两头牛推着石磨转。牛儿稳健地走着、走着，碧绿的甘蔗汁便由石磨的一端源源地流进了一只只大大的木桶里。让我觉得很不人道的是，每当牛儿脚步蹒跚时，两名跟随其后的少年便挥鞭打它，一鞭一鞭结结实实地打，发出了"咻咻咻"的声响，牛儿闭眸睁眸间，脸上不由得流露了痛苦的表情。

甘蔗榨干后，麦迪将甘蔗渣和木头掺杂在

一起，充作燃料。他表示，甘蔗渣的香味借着炽热的火力逼进了铁锅的甘蔗汁里，熬出来的甘蔗糖，味道特别香浓。

甘蔗汁经过了过滤、净化等程序后，置于铁锅内连续熬煮两个小时，变为异常浓稠的糖浆，把糖浆倒入圆形的模子里，冷却后，便成为深褐色的结晶体了。

每一块直径两寸、厚约两寸的甘蔗糖，折合新币才卖三角钱哪！

制作蔗糖对于麦迪来说，是祖传行业。目前，他们老幼三代，就住在甘蔗园附近的板屋里，大家分工合作，种甘蔗、制蔗糖，天天罩在甘蔗的绿影中、浸在甘蔗的香气里，过着甜甜蜜蜜的日子。

像这一类的家庭蔗糖制作坊，过去，在巴拿马比比皆是。然而，随着时代的进步，有些企业家已开始用机械代替人工，广泛地种植和制作蔗糖，并以精美的包装取代土里土气的塑胶袋，让蔗糖以亮丽的姿彩现身于超级市场。

一谈及机制蔗糖，麦迪便嗤之以鼻：

"我们的手工蔗糖，由种植甘蔗而至熬煮蔗糖，每一个步骤，都加入了特殊的考量；每一个细节，都注入了细腻的心思。用感情熬煮出来的蔗糖，有一种层层深入的香味。机制蔗糖那种甜味，是冷冰冰、死板板的呀，两者哪能相提并论！"

在巴拿马，有许多人是手制蔗糖的"死忠分子"。

我住在民宿，房东荷西对于机制蔗糖是不屑一顾的。每隔一段日子，他便远道而去向家庭制作坊购买手制蔗糖，一买便是十来公斤，用以烘制甜点、冲泡咖啡。

荷西毫不含糊地说道：

"手制蔗糖的甜，是灵动的、是活泼的，充满了跃动的生命力，能够很好地挑逗味蕾；可机制蔗糖呢，死气沉沉，一味的甜，全无深度，用来泡咖啡，会糟蹋掉上好的咖啡豆哪！"

巴拿马人一厢情愿地希望手制蔗糖能够天长地久，但是，时代前进的洪流是挡也挡不住的，蔗糖制作全面机械化，恐怕只是时间问题罢了。因此，现在，把一块块手制蔗糖捧在掌心里，巴拿马人总难以遏制地露出含情脉脉的目光……

小岛风情

在大街小巷里，看到的，都是华人；听到的，都是粤语。

实在难以相信，这儿竟是中美洲国家巴拿马！巴拿马东北部的海岛科隆岛，人口三千余，超过半数是华人。早年从广东省移居于此的祖祖辈辈，在家说的全都是粤语，理所当然的，粤语就成了这儿华人共通的语言了。

巴拿马华裔特多，是和当年运河的开辟息息相关的。

在 20 世纪初期，美国承接了开辟巴拿马运河这项宏伟艰巨的大工程，历时十年。在这期间，不计其数的劳动人口就从中国广东省进入了巴拿马。当这条连接大西洋和太平洋之间的"水桥"完成后，他们也就在此落地生根了。

人口不多的科隆小岛，鸡犬之声相闻，居民常来常往，被誉为全中美洲治安最好的人间乐土。

我们下榻的旅馆傍海而建，阳台外面，明朗欢快的加勒比海浩浩瀚瀚地伸展着，像一首气势磅礴的长诗。虽说是海，但却出奇的静，风浪不起，涟漪不来，宛如入定的老僧。

有时玩累了，提早回来，躺在吊床上，啥也不想，看天，看海，看岸边的椰树摇曳生姿，看云中的飞鸟翻飞有致，那种可以千思亦可以无思的感觉，人生难得几回有。看着、看着，轻拂的海风与轻吟的海涛便在不知不觉中把我送入了甜甜的梦乡。旅行的疲惫，也消弭于无形。

小岛华裔多以经营超级市场为生。海畔有家中餐馆，是岛上的唯一。那一天是星期四，但却大门紧闭。我猛力敲门，一名华裔少妇前来应门，表示餐馆休业几天。我表明远道而来，她沉吟了一下，心软，开门，说："进来吧！"我和日胜一进去后，她又赶快把大门关上了。

餐馆后面，就是汪洋大海；坐在餐桌旁，海浪就在脚下徜徉吟唱。

少妇与我们聊天时，叹气说道：餐馆生意难做，员工怠职，动辄请假，她当厨师兼当跑堂，分身乏术，几天下来，累垮了，只好关店休息。顾客呢，也不好应付，有一回，炒菜时不小心下盐太多，客人居然用啤酒把她心爱的盆栽浇死了！她再次叹气："唉，不知道我还能支撑多久呀！"

她亲自下厨，为我们炒了个米粉，上了盘三拼（叉烧、烧肉和卤鸡）。我心里纳闷，浩瀚大海近在咫尺，干吗她给我们烹煮的，却全都是肉啊？她解释着说：

"这海，渔产的确十分丰富。记得多年以前初来时，我就蹲在这儿，把网撒向大海，随便一捞，便可网起半桶沙丁鱼。什么配料都不必，只要加点盐，放点蒜泥和姜丝，蒸了吃，嘿，那个鲜啊，真叫人难忘！"说着，又习惯性地叹气，"现在啊，不行啦，在海上频繁往来的摩哆船，使海水都染上了混浊的汽油味，我已不再吃鱼了。这几天，餐馆没有营业，所以，我也没有上菜市买鱼。"

有四只毛发蓬松的大狗在桌子边跑来跑去，漂亮极了。我随口问道："你怎么还有时间照顾这么多狗儿呢？"她笑嘻嘻地应道："巴拿马人喜欢狗，上一回我家的母狗生了八只小狗，标致可爱，我送去卖，每只卖了 100 美元（在巴拿马，美元是法定货币）。现在，又有两只狗已经怀孕了，只等生产后钱币叮当乱响。"

我忍不住微笑了，华人哪，不管处在何种逆境里，都不会坐以待毙的。

小岛可爱，岛上的人也可爱。

巴拿马城（Panama City）是中美洲国家巴拿马的首都。

华人多不胜数。

19 世纪中期，广东省许多华裔漂洋过海，远到巴拿马谋生，就此落地生根。紧接着，有更多的华裔靠着亲属关系来此开枝散叶，根据粗略的统计，目前华裔在巴拿马约占总人口的10%。

移民初来时，多经营洗衣店、超市、餐馆等传统行业，慢慢地，移民的后代在政治、教育、金融、医疗、媒体等领域绽放光芒，赢得尊重，融入了主流社会里。

原以为华裔在巴拿马城过着的是神仙也羡的无忧生活，然而，和他们深入交谈后，才发现做生意的华裔实际上都被一重阴影笼罩着。

读巴拿马出版于 2013 年 12 月份的杂志《钟 Sir 教你》，洋洋数千言的主文，标题赫然便是"快速绑票"，内容揭露了当地一种"新方式的绑票恶行"。

根据报道，某个夜晚，一家三口（华裔）自外归家，车子正要进入车库时，一直潜伏着的三名歹徒突然现身，持枪强迫他们一家子坐到后座去，用绳子捆绑他们，然后，驾了车子，在僻静处绕来绕去，要他们拨电给亲属，筹集八万五千美元赎金。那一整晚，肉票就被囚禁在车上，不断地通过电话，让亲属和绑匪展开谈判，最后达成协议，成功付款，隔天早上五点被释放。

这宗绑架事件，彻底摧毁了这家人平静的生活。他们结束了胼手胝足经营的小生意，惶恐不安地迁往他处；而绑架事件中的小女孩呢，则一直处于受创状况，情绪不稳。

报道明确指出：这些绑匪的"犯罪模式"在于快速取财，他们不愿引起媒体轰动或激起社会公愤，所以，通常不会杀害肉票，只求速战速决取得赎款。在歹徒恶言恐吓下，肉票释放后，往往选择噤声不语，更遑论报警了。这就无形中助长了绑票集团的气焰，他们密切注意华裔商人的动向，记录他们生活的细节，暗地里干下一宗又一宗绑架案，逍遥法外。

上述肉票获释后，勇敢地报案，这才引起了媒体的注意和报道。

巴拿马城的旧城区，华裔店铺麇集，被称为犯罪的"地雷区"。除了绑票之外，扒窃、抢劫，无时不有。

知道我要去那儿逛，当地一名华人睁大双眸，惊怵地说：

"那个地方，怎能去！我有个亲戚在那儿开店，多年来我都不敢去探访哪！"

然而，我总认为，真实的情况，往往不比传说来得可怕，所以，执意去了。

那天，是星期天，下午三点。

许多店铺星期天都没有营业，大门紧闭，游人寂寥，死般的静。灰扑扑的建筑，有气没力地伫立着，粗陋、苍老，像百年的破落户。小超市与小食店门前，污水横流，垃圾遍地，空气里氤氲着一股霉腐的气息。最为可怕的是，有十数只面目狰狞的秃鹫，在垃圾堆旁高高低低地飞绕着，那种阴森、那种诡谲，着实让人毛骨悚然。然而，比这更令我不安的是，有十多个无所事事的巴拿马青年，一字排开，倚在一堵色漆剥落的旧墙旁，当我们经过时，他们便以秃鹫般的目光，尖锐地盯着我们。

巷子实在太冷寂了，在这个连风也凝结了的下午，我突然觉得全身鸡皮疙瘩像气泡一样咕咕嘟嘟地往外冒，脸上汗湿如潮，于是，化双腿为轮，飞似的逃离了小巷。气喘喘地跑到了大路，看到川流不息的车辆，胸腔里那颗四处逃窜的心，才慢慢地安定下来。哎呀，真是草木皆兵啊！

许多华裔商人，为了安全，迁到新城区去。那儿高楼矗立，气派恢宏。然而，在这个宛若人间天堂的新城区，绑架的阴影，却还是不依不饶地尾随着他们……

◎ 尼加拉瓜

马那瓜素描

去马那瓜（Managua）之前，在网上一家客舍订了房间。热诚的房东曼弗礼，亲自到机场来接我们。

年过六旬，整个人却像装了弹簧，充满了活力与冲劲。一路上滔滔不绝。他原籍德国，到哥伦比亚寻求商机，碍于治安太坏，他转到尼加拉瓜。他喜欢这儿民风淳朴，加上在此邂逅了另一半，就此落地生根，已住了20多年。

车子行经之处，行人寂寥，一般首都惯见的那种繁华气象，马那瓜半点都无。曼弗礼说：

"马那瓜有遐迩闻名的三多：地震多、火山多、飓风多。所以，很难发展呀！处于世界活力最强的地震带上，最近百年，便发生了强力地震四次。当地人也因此养成和尚敲钟——过一日算一日的心态；我们德国人呢，未雨绸缪，常有百年计划。"顿了顿，又滔滔不绝继续说道，"理念不同，行事作风也不同；我们有话便直说，当地人呢，偏不爱听真话。举例来说，我聘用了一名寡妇，家有黄口小儿嗷嗷待哺，我一直善待她，可是，有一回，她工作做得不好，我开口批评，她立马辞职，根本不考虑后果。几天后，却又回来，要求复职。另一位员工，也曾有三辞三返的纪录。"说着，他又诙谐地补充道，"你知道吗，我每周都买鲜花向我太太求婚一次，为的就是怕她发脾气而下堂求去啊！屡屡离婚又屡屡登记，多麻烦哪！"

我们哈哈大笑。当车子在大街上奔驰时，许多小贩穿行于车道间，推销一些琐琐碎碎的小商品，诸如椰子啦，西瓜啦，玉米棒啦，糕饼啦，音乐光盘啦，等等。为了赚取蝇头小利，他们险状百出地在狭窄的车道间闪来闪去。

　　曼弗礼指出，尼加拉瓜全国人口600万，可却有三分之一集中在首都马那瓜。一般人的起薪仅仅只有100多美元，然而，工作机会并不匮乏，寻常百姓只要肯做，便不会饿肚子。由于人人可维持基本的温饱，因此，治安不错，乞丐绝迹。

　　谈着谈着，车子转进了一条幽静的巷子，曼弗礼的客舍，就坐落于此。拥有十个房间，每个房间都糅上了鲜丽绚烂的色彩，真有一种进入了童话王国的感觉。

　　稍事休息，便外出逛街。

　　马那瓜这个数次遭逢地震、火山和飓风蹂躏而又痛苦无奈地继续面对威胁的地方，处处都呈现了一种无力的疲乏感，1972年发生的大地震，将市内许多建筑化为断壁残垣，万座以上的高楼被悉数震毁，而地震过后的那场毁灭性的大火更将全城烧为焦土。如今，元气尚未恢复，在最热闹的地方，竖立着一株株卡通化的"人造树"，黄澄澄的，那是以坚硬钢丝塑成的，市容看起来显得异常僵硬。

　　到中央手工艺品中心去，木刻品、布制品、纸工艺品，都有，可是，都是些粗制滥造的东西。也许，因为天灾频仍，人心浮动，大家都静不下心来从事精雕细琢的玩意儿吧！

　　最有趣的是，我旅行在外已经两个多月了，头发"溃不成军"，想找家电发院修整修整，可是，一连跑了几家发廊，都说只能剪发，不能电发。终于找到一家，做梦也想不到，居然是用烧红的钳子一下一下地为我卷发的，这可把我的记忆一下子便带返几十年前的时光隧道里⋯⋯嘿，这马那瓜！

傍晚，到湖畔的餐馆去，非常简陋的一排店子，从扩音机播放出来的音乐震耳欲聋，看看菜单，无甚惊喜，于是，逃之夭夭。

后来，经人介绍，连续几天光顾了几家中餐馆，倒有了意想不到的大惊喜，不但好好地满足了口腹之欲，还认识了好些朋友呢！

"刘端"这名字，在马那瓜的华人圈子里，是大家耳熟能详的。她既不是商贾，也不是政客，更不是影视圈子里的艺人，可是，每回告诉当地人我来自新加坡，对方百分之百便会冒出这个问题："你认识刘端吗？"

原因何在呢？

仅仅在于她是迄今为止定居于马那瓜唯一的新加坡人，而且，已经住了长长的 16 年。

马那瓜是中美洲国家尼加拉瓜的首都。

那天，到粤翠轩餐馆用餐，一如既往，老板维廉一知道我是新加坡人，立即便问：

"你认识刘端吗？她是我餐馆的常客哪，最爱吃我做的流沙包子！"顿了顿，又热心地说道，"同是新加坡人，你想见见她吗？我可约她来这儿共餐啊！"

我高兴地应道："好呀，好呀！"

次日傍晚，来到粤翠轩，远远地，便听到了她豪迈的笑声：

"呵呵呵，16 年来，我一直祈求家乡有人来看我，今天，我的愿望终于实现了！"

短发的刘端，圆圆的脸蓬蓬勃勃的全是快活的笑意，大大的眸子也在笑。

一接触，她便以滔滔不绝的话语化除了彼此初识的隔阂。

刘端出生于新加坡，父母在红山一带经营杂货店。自小性子叛逆，不爱读书。功课不交，老师要罚她站，可她却大模大样地坐着，反问老师："你要我站，我便得站吗？凭什么要我听你的话？"结果呢，校方当然动用校规对付她啦！回家后，兄长辅导她做功课，她又是一副"死猪不怕开水烫"的赖皮样子，兄长忍无可忍，又打又骂，如此这般把她读书的兴趣全都骂走打毙了。

辍学后，百无聊赖地在杂货店帮忙。

22岁那年，经人介绍，认识了比她年长十岁的挪威人彼德。婚姻，成了她一生的转捩点。

彼德从事船务生意，她从此过上了富家太太的生活。白天逛商店、买名牌货、打麻将，非常注意自己的装扮，也非常在意别人的眼光和看法，日子过得既奢华，又拘束。

彼德钱赚得越多，生活压力也越大，55岁那年，他终于决定，结束在新加坡的一切业务，携妻带女，远到尼加拉瓜去买地、买屋、买农场，养牛、养羊，开始过另一种无拘无束的惬意生活。

"初来时，我的两个女儿，完全适应不了马那瓜这种单调的生活，我只好千里迢迢地送她们去美国读书。"刘端说道，"我自己呢，寂寞得发狂，三番几次逃回新加坡，一住便是长长的几个月。老实说吧，当时，连离婚的念头都有了。"

然而，过了几年，她渐渐适应，竟也慢慢地爱上了马那瓜这种悠游自在的生活了。

马那瓜生活水平低，彼德只拿出了积蓄的一小部分，便在半山区买了一幢大屋子。这个与世隔绝的世外桃源，气候温凉、环境幽静、治安良好。他们吃的是农场自养的有机牛肉、羊肉，还有自种的有机蔬菜，自得其乐。

每当夕阳西下时，这一对神仙眷属便带着啤酒和烤肉，坐在如茵的草坪上，任凭柔风在衣襟上牵牵绊绊，牵出几许遐思；或者，在波光粼粼的湖畔，看落日壮烈地自焚。不事修饰的刘端，会让朗朗的笑声与风声相呼应、与湖水共呢喃。

"住在马那瓜，我感觉到心灵彻底松绑了，就算我随便穿上打了补丁的宽松衣裳上街去，谁也不会好奇地多看一眼。"她笑脸盈盈地说道，"富也好，穷也罢，生活要过成什么样子，都随心所欲，没有人会说三道四。在新加坡呀，一般人的物质欲望都很强，老爱比东比西，明里暗里，都在比，无形中形成了一种长在而又常在的心理压力。老实告诉你吧，我在马那瓜生活了 16 年，从来不曾挽过一个名牌包包出门，更不曾佩戴过任何一件首饰！"刘端说着，扯了扯身上那袭陈旧的衣裳，"你瞧，这衣，已经穿了多年！说起来，真的感谢我老公带我来马那瓜生活。在这里，我学会了什么是谦卑谦逊、什么是无欲无求。"

安于淡泊的刘端，居然热热闹闹地养了 13 只狗——她有两辆车，其中一辆面包车，就是专门用以载狗儿出游的！她还请了一个男管家，专门为她照顾狗们呢！

她以一种看透世情的态度咧嘴笑道：

"狗啊，是我最好的朋友，它们有情有义，你给它一寸的爱，它还你一丈的情。忘恩负义，是人类的专利品呀！在家里，我实施的是放任主义，狗要吃要喝、要拉要撒，随意！我既然把它们当朋友了，哪能限制它们的自由？晚上，七八只狗和我窝同一张床，就好像盖了多张毛毯，说多舒服就有多舒服！"

"一起睡？"我诧异地睁大双眸，"你难道不怕它们咬你吗？"

"咬？"她的眼睛睁得比我更大，"你对它们好，它们哪会咬你呢？世上只有人类才会咬自己的恩人啊！"

快乐的刘端，有两大遗憾。

"我定居马那瓜后，曾经多次邀请新加坡的亲朋好友来玩，我说，住呀、吃呀、观光呀，全都包在我身上，可是，大家都以讹传讹，说这儿治安不好。"她无奈地说道，"无论我如何恳求，都没人愿来、肯来、要来。这个淳朴、恬静、安全而又美丽的马那瓜，可真是一个被人遗忘的天堂啊！"

刘端的第二大遗憾是不谙西班牙语。

在这个以西班牙文为主的国度生活了长达 16 年，居然连一句西班牙话也不会讲？

"唉！"她叹气，"一切都有我无微不至的丈夫打点得妥妥帖帖啊，我完全找不到学习的动机和必要。"

世事无绝对。

2012 年 11 月，刘端的丈夫因病逝世。

"病，说来就来了，来了不走，短短一年，人就去了。"她说着，叹了一口气，"人生在世，任谁都逃不了这种重新还原为一个人的命运呵！"

"马死落地行"，孀居的刘端，坦言曾冲动地想要追随鹣鲽情深的丈夫到黄泉去，后来，在朋友的安抚与支持下，才从痛苦的泥沼里爬了上来。她说："现在，不能再回顾，只能往前看了呀！"

她把半山区的屋子卖掉了，在市区买了一幢平房。她报名语文班、电脑班，积极投入学习中。她还和一位韩国的妇人合资开设了一家美容院，打发时光。她说，等工作上了轨道后，便交给员工管理，与合伙人外出环游世界。

　　年过六旬的她，也为日后老去的日子做好了准备。她说，她准备每个月花费500美元，请一位医生进驻家里，再聘请两位护士24小时轮班照顾。大限到了，便舒舒服服地上路去。一切都计划得有条不紊。

　　晚餐后，我们雇了一辆计程车送她回家。她住在离餐馆不远的一所单层屋子里，车声在阒静的夜里惊动了屋内的13条狗，它们全都扑到围篱边，狂吠，等看到从车子里钻出来的刘端，它们的叫声又变得十分温柔。刘端打开篱笆门，狗们都亲热地扑到她身上，她摸摸这头、抚抚那头，在月色底下，她的脸上，像有13支烟花同时在绽放……

那狰狞已极的火山口，像一头怪兽的大嘴巴，源源不绝地喷出大口大口浓浓的烟气；硫黄阴毒的气息，蓬蓬勃勃地在山上弥漫着。

站在宁迪利（Nindiri）火山旁，我毛骨悚然地感觉到，阴森的死神就在不远处觊觎着。这座位于尼加拉瓜首都马那瓜的活火山，好似随时随地都会大发雷霆地把炙热的岩浆喷得满天满地。

初抵马那瓜时，我问当地人，这儿最大的旅游魅力是什么，万万想不到，对方竟以自豪的语气说道：

"火山！数不尽、看不完的火山，就是我们给游客最大的惊喜、最好的献礼了。"

尼加拉瓜拥有"火山之国"的称谓，从北部一直绵延到南部那一座座高高低低的圆锥形火山，有生机旺盛的，有意兴阑珊的，也有死气沉沉的，五花八门，的的确确形成了尼加拉瓜的一大特色。

宁迪利是一座活火山，那儿有个大大的告示牌，上面清清楚楚地写着：

"在火山口最多只能逗留五分钟，万一有碎石喷发出来，请立刻躲进车里。硫黄烟气会刺激眼睛，影响呼吸管道和视力，有哮喘病者不宜逗留。"

我不顾警告，逗留了十来分钟，果然双眸刺痛，呼吸不畅，喉咙发哑，浑身上下都粘上了臭兮兮的硫黄味儿。

在火山口，高高地竖立着一个巨型的十字架。

当地土著过去曾在此设立神坛，以活物祭祀，祈求平安。16世纪，尼加拉瓜沦为西班牙的殖民地后，西班牙人撤去神坛，改竖十字架，一方面借此传教，另一方面，他们相信频频肆虐的火山口是地狱之门，喷出的岩浆，就是从地狱涌出的妖魔鬼怪，他们因此借助于宗教的神力阻遏群魔作乱。这个十字架，对于安抚人心，的确起了一定的作用。

坐车离开宁迪利火山时，我注意到停车位上有一行惹眼的警告文字："泊车时，车头请向外。"这意味着一旦危险情况发生，车主可用最快的速度驾车逃走。嘿，尼加拉瓜人的危险意识，已经到了草木皆兵的地步了！

活力充沛的宁迪利火山，脾气暴躁，不时贻害大地。最惨重的一次灾难发生于1669年，由火山喷发出来的滚滚岩浆，发狂奔流，淹没了附近整个村庄，惨绝人寰。这些可怖的岩浆，如今已凝成了块块黑色的火山岩，标志着当年的累累伤痕。

让人意想不到的是，离宁迪利火山仅仅35公里的地方，有个百年村庄克鲁塞多（Cruxaro），现在依然住着一万余人。四处流窜的硫黄烟气，对他们的健康造成了极大的伤害，他们容貌早衰、牙动齿摇、皮肤溃烂。尽管年年月月面对着火山爆发的威胁，可是，老一辈的村民却死守故土。每每有人劝他们迁离，他们却都执拗地说："我们生而为这村的人，死而为这村的鬼。"年轻的一代，恰恰相反，只要有半个机会，他们便会奔向外面，永不回头。老年人克勤克俭地过日子，年轻人却因为天灾难测而养成了及时行乐的心态，谈及未来，他们嗤之以鼻，说："明天的世界都不知道是怎样的，遑论将来！"

由于含有硫黄的土壤有利于黄梨和龙珠果的生长，在克鲁塞多这个海拔 1000 米而气候温凉的村庄里，居民多以种植水果为生。当他们一口一口地咬着清甜绝顶的黄梨和龙珠果时，浑然忘却生活里所有的苦涩。对于他们来说，只要能够住在老屋，只要有田可耕，他们的人生，便臻于圆满了。谈到时时刻刻威胁着他们的火山，他们淡然笑道："嘿，那是我们的老朋友啊！"老朋友，是不会伤害他们的，他们坚信。

茴香卷

格拉纳达（Granada）是位于尼加拉瓜西部的城市，着实美得不像话。

古色古香的西班牙式建筑，疏疏落落地散布在纤尘不染的街道上，不计其数的湖泊，像上天撒落的蓝色珍珠，星罗棋布。

那天下午，轻柔的风儿像仙女的绸带，拂来拂去，软软地兜着人的脸，我和日胜缓缓行经了一家小店。靠近大门处的玻璃柜里，展示着我最喜欢的茴香卷，还有其他各式蛋糕。

信步走进店里，小店布置得十分雅致，桌子铺上绣着向日葵的白色桌布，配以木质椅子；一边的小方桌还放置了一台电脑、一堆旅行杂志；两张舒适的懒椅。

一名金发碧眼的中年人，露着温煦的笑脸，语调轻快地说道：

"欢迎，欢迎！"

我们坐下，我点了一个茴香卷，日胜要了一客奶酪蛋糕，外加两杯咖啡。

中年人转到厨房去，旋踵，我便听到了研磨咖啡豆的声音，袭人的香味，像霏霏细雨，纷纷扬扬地落满一地。

慢慢地啜饮着咖啡，我举目浏览。墙边的一块黑板，密密麻麻，全是手写的英文字，上面清清楚楚地写着：

"完美的生活哲学：

其一，自行支配自己的生活，对自己喜欢

的事，常做、长做；对自己讨厌而不得不做的事，尝试改变心态。

其二，简单就是美，无欲无求便是人生至高的境界。

其三，常常旅行，发掘真实的自我。对于所有的新事物，敞开心房来接受。积极认识新朋友，寻找新的点子，再与他人分享你生活的激情。每一次在十字路口的迷失，都是你人生新的起点。

其四，抱着感恩之心来看待世间万事万物，对于食物，每一口都应该细细咀嚼，让它在味蕾上'翻云覆雨'，带来至高的享受，并充分感念这是上天的恩赐。"

坦白说吧，这些话，并不能算是什么醍醐灌顶的睿智语言，可是，把它们放在一起，又恰恰成就了一个完善圆满的人生，一个随心所欲、了无遗憾的人生。

细读再三，十分喜欢。

这位名字唤作维特的中年人，来自加拿大，他坦白地说：

"过去，我在渥太华经营餐馆，日忙夜忙，赚得盆满钵溢，可是，我却为此典当了亲情。婚姻破裂后，我除了钱之外，一无所有；我觉得，我的人生，根本就是一个可耻的失败。"

他结束了在渥太华的一切，外出旅行一年。来到了格拉纳达这个宁静美丽的城市，那颗疲惫的心、那颗千疮百孔的心，突然找到了一个安恬舒适的停泊处。

他就这样留了下来。

每天，用足心思去烘焙高质量的糕点，他说："我要寻找的，是那些能够用心品出精致滋味的人。"每块小蛋糕，售价 50 至 100 科多巴（折合新币 2.5 至 5 元），和当地其他店铺的糕点相比，足足贵了五六倍。

一分钱，一分货。那茴香卷，真是美味绝顶啊，千回百转的茴香，神出鬼没地镶嵌在圆润光滑的面卷里，吃着时，整个人好似被轻柔的云雾层层叠叠地簇拥着。

一吃完，我立马便说："再来一个。"

"啊，你今天来真的合时。"他一边把茴香卷递给我，一边微笑地说道，"明天，我便会暂时关闭店子，到巴拿马旅行一个月……"

这时，有个妇人走了进来，用西班牙话和他熟络地打着招呼。她要买十个茴香卷、十个胡萝卜蛋糕。他一点也不苟且，手势轻柔地用油纸一个一个慢慢地包，看他那小心翼翼的样子，好似他所包裹着的，是一个个传家宝……

蝙蝠

蓬蓬松松的暮色，膨胀着从四面八方包抄过来，我和日胜，拿着手电筒，沿着崎岖的山路，步步为营地走向一个坐落于火山附近的洞穴。

气候温暖的尼加拉瓜，是蝙蝠生长的温床。单单在首都马那瓜，便有十多万只蝙蝠麇集在不同的洞穴里，蔚为奇观。

我们在导游安达拉的引领下，来到了一个蝙蝠聚集的洞穴。安达拉悄声说道："快关掉手电筒！蝙蝠看到亮光，误以为是白天，就不会飞出来了！"

安达拉表示，要看活力充沛的蝙蝠，傍晚是最佳时机；如果白天到访，就只能看到成千上万只蝙蝠倒吊在石壁上睡觉的静态景观了。

我们在洞口蹲下，旋踵，便有多只黑色与褐色的蝙蝠，展开着大大的翅膀，从黝黑的洞口飞了出来，蝙蝠身上特有的那一股腥臭，也扑面而来。整个山头，寂静无声，幢幢黑影呼啸来去，宛若群魔乱舞，那种情景，可怖极了。

安达拉问我："你要进去洞穴里看看吗？"听说有些蝙蝠会吸血，我很担心。安达拉读懂了我的表情，立刻说道："吸血蝙蝠，多集中于北部。马那瓜这一带的蝙蝠，只吃三种东西：昆虫、水果、花粉花蜜，完全不具侵袭性，保证你毫发无损。"

戴着头盔和防毒面罩，一迈入洞里，阴沉浑浊的黑暗立马穷凶极恶地吞噬了我们。等我适应了洞里的黑暗时，脑子瞬间短路。哎哟，在那深不可测的洞穴里，魑魅魍魉般的蝙蝠正来来回回地飞着，数目之多，令人瞠目结舌！在镁光灯的照射下，这些蝙蝠，变成了阴森诡谲的点点白色，吱吱的怪叫声，不绝于耳。洞穴里回旋着的风，浓浓地散发着令人作呕的腥气。我好像怀里藏了好几百只鸟儿，惊扰不安。勉强拍了几张照片，便落荒而逃了。

告诉安达拉，蝙蝠的"蝠"字，与"福"同音，所以，在东方文化里，"蝙蝠"是"幸福"和"福气"的象征。然而，我个人却始终无法把鬼里鬼气的蝙蝠和"福"字联想在一块儿；反之，我觉得它们好像穿了黑袍飞来飞去为非作歹的女巫。

"我们都把蝙蝠当作好朋友呢！"安达拉笑嘻嘻地说，"马那瓜蚊子绝迹，全都得归功于蝙蝠。十多万只蝙蝠，晚上出来觅食时，把可厌的蚊子吃得一干二净。还有哪，许多危及农作物的害虫，也被它们吃得精精光光。蝙蝠可说是保持环境洁净的大功臣哪！"

然而，在尼加拉瓜北部的穷乡僻壤里，吸血蝙蝠却对村民造成了巨大的威胁。它们通常以吸食牲畜之血为生，然而，如果找不到足够的血源，便会转而袭击人类。当地人受吸血蝙蝠攻击的案例，每年都有数十宗。尽管政府曾对吸血蝙蝠进行清剿行动，可是，过一阵子，它们又卷土重来。最令人揪心的是，在一则新闻报道中，一位乡民对记者如此说道："政府告诉我们，晚上睡觉挂蚊帐，可以避免吸血蝙蝠的袭击，可是，我们没有钱买蚊帐啊！"

安达拉说，蝙蝠的克星是蛇。尼加拉瓜活火山多，洞穴周遭的石头常常被熏得暖暖的，是众蛇的安乐窝。狡猾而又聪慧的蛇，常常悄无声息地守在洞口，晚上，蝙蝠一飞出来觅食，蛇们便会迅雷不及掩耳地飞蹿噬咬，可怜那一只只饥火中烧的蝙蝠呵，就如此不明不白地进了蛇的胃囊。

尼加拉瓜的蝙蝠实在太多了，有时也会飞入寻常百姓家。安达拉常常在旅行归家后，发现蝙蝠鹊巢鸠占地倒悬在屋梁上。

他诙谐地说道：

"蝙蝠的样子可爱极了，像是老鼠和小狗的混合体，如果不是它们的大便臭烘烘的，我倒想养几只来当宠物呢！"

嘿嘿，嫌弃蝙蝠大便的安达拉，可真不识宝啊！中药里可治夜盲症的夜明砂，不就是从蝙蝠干燥的粪便里提炼出来的吗？

中国年

　　说来有趣，最初走入这家位于格拉纳达的中餐馆，并不是受到美食的诱惑，纯粹是餐馆的名字——"中国年"吸引了我。

　　农历新年是华人家庭大团圆的好日子，"中国年"这名字，有一种花团锦簇、喜气洋洋的热闹感。

　　"中国年"餐馆的店东刘凌波微笑地说：

　　"我就是刻意借着这个名字来表达对家乡与亲人的思念之情嘛！"

　　现年30多岁的刘凌波，来自泉州。14年前初到尼加拉瓜时，在一家台湾公司当机械技工。几年后，工厂倒闭，他拿着两万美元的积蓄，与朋友合资开设餐馆。

　　"我平常只会做些家常菜，要开餐馆，只好临渴掘井，赶紧去学啦！"

　　开始时，他主打炒饭，走薄利多销的路线。尼加拉瓜人爱吃肉食而又对炒饭百吃不厌，他灵机一动，遂在炒饭里加入大块牛肉或鸡肉，又加入红萝卜丝和包菜丝，荤和素，一网打尽，每盘才卖140科多巴（折合新币7元）。当地人有时只点一客炒饭，一大盘，堆积如山，三四个人合着吃，吃得眉开眼笑。

　　生意上了轨道后，他慢慢地增加了菜式，又在餐馆门口增设了一个烧烤摊子，专卖各式烤肉。每天傍晚，那悠悠游走的香气，便成了餐馆的活招牌。

"格拉纳达的鸡和牛都是天然放养的，在饲养的过程中，什么不利健康的化学添加剂也没有，可以尝到肉类蕴含的鲜甜汁液，只要随意一烤，就很好吃了。偶尔买到次等的肉类，嫩度不够，我就用黄梨渣充当松肉剂，随意浸浸，肉就变得松软柔嫩，无比可口了。"

他和合伙人还研制出一种"别无分号"的腌料，让它渗透到肉类里头，一烤，缕缕不绝的香气，让餐馆吸引了大批回头客。

这个对烹饪原本一窍不通的年轻人，和合伙人倾尽全力去学，居然也慢慢地拼出了一个灿烂的春天。

身在异乡为异客，最可怕的诱惑，便是赌博了。格拉纳达设有赌馆，许多人因此而泥足深陷。

刘凌波双眉微蹙地说道：

"赌博是罂粟，一沾上了，不死也残。我认识一位餐馆东主，生意原本做得不错，染上赌瘾后，每天都到赌馆去报到，结果，把偌大一间餐馆硬生生地输掉了，连个安身之处也没有！还有一位朋友呢，揣着大把赢来的钞票，坐上了由歹徒驾驶的计程车，一去不返！"

当刘凌波说着这些话时，脸上深刻的痛惜与惋惜，明明白白地表明了赌博是他自身的绝缘体。年轻而稳重的他，也同时是明智与理性的。

"中国年"餐馆，变成了我在格拉纳达的专用"厨房"。想吃什么，早上去打个招呼，傍晚上门时，热腾腾的饭菜便端上桌了。

有一回，我说："小刘，晚餐我想吃海鲜。"结果呢，那晚，他给我们烹煮了两只巨大的蒜泥龙虾、一尾罕见的绿身鱼，又做了个红烧豆腐、炒了盘空心菜。

他指着那尾奇特的鱼，说：

"这鱼嘴，尖尖的，好似鹦鹉的喙，鱼身又是绿色的，绰号'鹦鹉鱼'。肉极鲜、质极嫩，是海鲜的极品呢！"

付钱时，他坚持不收那道鹦鹉鱼的钱，理由是：他有个感情很好的叔叔，名字唤作刘汉权，在新加坡理工学院工作，而我们恰恰又是新加坡人，就间接等于是他的亲人了。他的理由非常牵强，但是，他非常坚持。却之不恭，我们只好同意了。

他脸泛微笑地说道：

"到'中国年'来吃饭，就好像天天在过年嘛！"

◎ 厄瓜多尔

追寻达尔文的足迹
——加拉帕戈斯群岛纪游

在厄瓜多尔乘搭小型飞机飞往加拉帕戈斯群岛（Island Galapagos）时，心里好似在燃放烟花，在那璀璀璨璨的快乐里，却又有着一种迫不及待的渴望和期盼。

远在 200 万年前，火山爆发，喷出的岩浆冷却后，在太平洋中央形成了一群大大小小的火山岛屿，计有 7 个大岛、23 个小岛和 50 多个岩礁。

这一群与世隔绝的火山岛，除了天降甘霖之外，完全没有淡水来源，因此，万里人踪灭。

然而，到了 18 世纪，随着达尔文的到访，彻底改变了加拉帕戈斯群岛的命运，原本默默无闻的它，成了全球瞩目的一个地方。

1835 年，年方 26 岁的达尔文踏足这儿，花了一个多月的时间搜集标本，进行研究，他在岛上所观察到的一些奇异的生态现象，大大地增强了他对研究成果的信心。1859 年，他发表了轰动世界的《物种起源》一书，阐释了"进化论"的内涵，把生物学推进到一个崭新的领域。

1959 年，加拉帕戈斯群岛被规划为国家公园，并被联合国教科文组织基金会列为人类共有的自然遗产。

为了保护岛上的生态环境，官方严格限制游客的数目。

我们一家三口，于 2013 年 12 月参加了一项为期八天的加拉帕戈斯群岛游轮之旅；与我们同行的，还有来自美国、英国、澳大利亚、巴西、阿根廷等地的 12 名游客。

游轮导游弗斯多开门见山地表示，游客到加拉帕戈斯群岛来，一定得学会尊重岛上生物，拍照时，必须保持距离，不可侵犯它们的自由，更不可随意喂饲它们，必须让它们自自在在地遵循千百年来的老方式去过活。

在这短短的八天里，我们每天好几次从游轮换到快艇，到访多个大小不同的火山岛；岛上生物那种无所畏惧的安恬、那种闲适自在的安乐，的确让我大大地开了眼界。

海狮的乐园

几十头海狮，一字排开，躺在黑褐色的礁石上，露出了性感光滑的肚皮，逍遥自在地进行日光浴，对于来来往往的游客，视若无睹。长久以来不受干扰的生活，使它们得以在一个全无危机和威胁的环境里，心安理得地生活着，活出了豁然与恬然、活出了自在与自得。

弗斯多说：

"海狮的祖先，最早出现于美国的旧金山，它们形体硕大，性子凶悍；可是，后来生活于加拉帕戈斯群岛的海狮，虽然属于同一品种，但形体却小得多，主要的原因是旧金山海滩辽阔，海狮爬行容易，然而，火山岛这儿礁石多，倘若它们形体太大，爬上爬下煞费周章，对生存也形成了威胁，在'物竞天择，适者生存'的情况下，这儿的海狮，形体自然而然地变小、变瘦了。"

海狮们在礁石上汲取了足够的阳光后，便施施然地爬进海里。在浩瀚的大海中，有予取予求的鱼儿供它们充饥。海狮肉质粗糙，油脂特多，非人类所爱，它们的天敌是鲨鱼。

由于加拉帕戈斯群岛的海狮多如恒河沙数，鲨鱼自然食之不尽。弗斯多因此笑道：潜水者如果在这一带碰上鲨鱼，是极端安全的，因为鲨鱼永远是饱腹的。

礁石上，有头海狮，刚刚产下宝宝，舐犊情深，母子亲昵地互舔彼此；旁边呢，伫立着一只虎视眈眈的鹰，据说它是闻腥而来的，正急切地等待海狮排出胎盘，以便大快朵颐。大自然的生物，全都有自己求存之道。

另有头海狮，死了，直直地躺在礁石上，干干的、硬硬的，像一具木乃伊。有人戏谑地说：它也许是忘了搽防晒霜而被猖獗的阳光活活地晒死的。

啊，生的喜悦和死的晦暗，就在岛上咫尺之遥的地方，交替更易、循环不息。

我们到小镇圣克鲁斯（Santa Cruz）去逛，天呀，海滩上、长凳上、草地上，全被肆无忌惮的海狮盘踞着。我们如履薄冰地走，生怕一个不小心，踩着了它们、弄痛了它们、吓着了它们。在这里，人类是全无"地位"的，凡事都得让步、让位给至高无上的海狮。有些海狮，兴致高时，还会以极快的速度追着游人、戏弄游人，当游人惊惶地奔逃时，我仿佛还能听到海狮促狭的笑声呢！

在海鲜集市里，一头海狮不断地在鱼贩们的摊子旁兜兜转转，当它仰头乞食时，鱼贩们无一例外地，都爱宠地喂它以鱼头鱼肉和内脏。然而，我清楚地记得，弗斯多曾一再警告我们绝对不得喂饲任何生物的呀！经过探询后才知悉，这尾海狮是孤儿，不懂得如何捕鱼充饥，因此，每天在鱼贩开摊后准时到来，乞食。人与海狮之间，缔结了极为温馨的情谊。

巨龟的天堂

在加拉帕戈斯群岛这片全无污染的人间净土里，有好几千只濒临绝种的巨龟悠游自在地生活着。

第一次看到这种罕见的巨龟时，我简直看傻了眼。

超乎想象的大，不可思议的重，匪夷所思的老。

当我们的面包车驶向巨龟养殖场时，它就在车子前方大摇大摆地爬行着，车子也只好一寸一寸地在丛林的泥径上跟着它蚁行。然而，它爬累了，竟然不顾一切地睡在路中央。司机和导游两人下车去，尝试把它抬走，但却徒劳无功，它纹丝不动。最后，靠着六名大汉的通力合作，才勉强把它移到路边去。弗斯多喘着气说道："哎呀，这龟，至少有 500 磅重哪！"

巨龟生长缓慢，可活上百余年。一般，海龟每回生蛋多达百余枚，可这类巨龟，每次只能产下 9 至 14 枚龟蛋。

巨龟产卵于泥坑后，用泥把坑掩上，便晃晃悠悠地爬走了。这时，馋嘴的野鼠往往会伺机扒开泥坑，把龟卵悉数吃完。

为了保护这些珍贵的龟卵，有关方面采取了两大措施。

措施之一是在丛林里广设捕鼠器，里面放置诱发野鼠食欲的毒饵。为了避免误伤其他生物，每设置一个捕鼠器，便派人暗中严密监督。措施之二是设立养殖场，巨龟一旦产卵，便圈养起来。卵孵化成龟后，幼龟的壳极薄、极软，易受伤害，必须再圈养一年。之后，放到一个模拟自然环境的地方，让它生活五年。五年后，龟壳变硬，便可放归自然了。为了能在它遇上危险时及时伸出援手，每只巨龟身上都被植入了芯片，以便于跟踪。

备受宠爱和保护的巨龟，在加拉帕戈斯群岛惬意地爬动着时，仰着头，露出了一种天塌下来当被盖的浩然大气。

蜥蜴的家园

哎呀！从来、从来没有见过如此多而又如斯丑陋的家伙麇集在一起！

在加拉帕戈斯群岛，蜥蜴多如过江之鲫。

有海蜥蜴，也有陆蜥蜴。

海蜥蜴浑身黑色，黑得十分恐怖，五官狰狞，像鬼魅在光天化日下现形，近距离看它，五脏六腑，翻江倒海。陆蜥蜴也丑，幸好身体是五彩斑斓的，勉强挽回一点分数。

它们在海滩上、在礁石上，成群结队。

海蜥蜴十分好斗，据说打架是为了争霸称雄。就在众人屏息的围观下，就在一群雌性海蜥蜴默默地注视下，两只体形壮硕的雄性海蜥蜴开始了一场大决斗。只见它们目露凶光，不断、不断地点着头，靠近、再靠近、又靠近、更靠近，以头互撞，又凶又狠；右边那只海蜥蜴明显占了上风，把左边那只逼到了角落，再猛力一撞，左边那只被撞得连连后退了两三步，恨恨地朝劲敌瞪了几眼，便灰头土脸地爬走了。战斗结束，凯旋的英雄占据了这个地盘，所有的雌性海蜥蜴全归它管辖，它意气风发，得意非凡。

海蜥蜴以海藻和海狮的粪便为食物。海藻丰富、海狮粪便无处不有，海蜥蜴天天大宴小酌地吃个没完没了，只只脑满肠肥、肚大腹圆。陆蜥蜴呢，最爱的是仙人掌。在岛上，处处都看到陆蜥蜴直直地立着，咬食低垂的仙人掌，十分逗趣。

由于从来没有人类伤害过它们，因此，它们对人类全无防范意识，我们来，我们去，它们视若无睹，吃、喝、玩、乐，一切照常，我们无形中变成了它们家园里的一分子；而这，也就形成了畅游加拉帕戈斯群岛的一大奇趣。

群鸟的伊甸园

加拉帕戈斯群岛是群鸟的伊甸园，各种难得一见的奇鸟，在此都能作近距离的观赏。

在西摩岛（Seymour），我见到了徒具翅膀而不具飞翔能力的鸬鹚。由于火山岛的熔岩长不了树，岸上无树可栖、无虫可食，鸬鹚必须入海捕鱼以充饥，所以，它们全都精于泅泳。此外，这儿无人狩猎，它们可以随心所欲地在陆地上行走，长期持续着这样的生活方式，渐渐地，它们便失去了飞翔的能力，变成了翅膀极大、肌肉结实的"走地鸟"。

逛着、看着，忽然听见弗斯多兴奋地喊道：

"瞧，达尔文雀！"

那是一种形体极小的鸟，羽毛黄色，特色在喙。

达尔文发现，同样品种的雀鸟，在加拉帕戈斯群岛不同的岛屿上，为了求生的便利而发展出截然不同的喙。有些雀鸟，喙尖长而强劲，便于它们嚼碎果核；有些雀鸟，喙小而锐，利于它们啄食虫子；有些雀鸟，喙大而厚，方便它们啄食水果和花卉。这些同中有异的雀鸟，给达尔文的"进化论"提供了有利的证据，后人遂把它们泛称为"达尔文雀"。

我们也看到了鲣鸟、燕尾鸥、鹈鸟、火烈鸟、蓝脚鸟、红脚鸟等等。

最奇的是雄性军舰鸟，在交配的季节里，颈项涨得惊人地大，颜色也转成极鲜极亮极艳的深红色，诡谲极了！

和加拉帕戈斯群岛其他生物一样，鸟儿全无危机意识，就算你走得很近很近，它们也睁着双双无邪的眸子，坦坦然地与你对视，绝对不会恐惧惊慌地冲天飞走。

在这个伊甸园里，信心满满的群鸟活出了无限的风情与姿采。

尾声

逗留在游轮的最后一天，我们有幸看到群鲸飞舞的奇景。

几十尾鲸鱼，在浩瀚无边的太平洋，飞出海面，打着圈儿，再迅速地潜入海里；旋踵，重来、再来、又来；一尾尾鲸鱼在辽阔的海面上划出一道道完美无瑕的弧线，激起了堆堆如雪般的白色浪花，那股发自鲸鱼内心的激情，那股让海面也沸腾的热情，那种仿佛过节般的热闹，那种让天空也翻转的热烈，着实让人看得瞠目结舌。

加拉帕戈斯群岛可说是人间罕见的一方净土。

这儿，没有人类强势杀戮的残暴，没有生物生存受到威胁的阴影。所有的生物，不论是爬着的、游着的、飞着的，全都跟随自己的意愿，快乐地活出了一生的潇洒。

瞧，此刻，无数无数火般红的小螃蟹，正放任无羁地在礁石间上上下下地爬来爬去，风流倜傥呀！

［第三部分］

欧洲

◎ 英国

"徒步观光团——由流浪汉麦克带你去领略肯顿小区的魅力……"

网上这一行与众不同的文字吸引了我,毫不犹豫地,我报名了。

肯顿小区位于英国伦敦北部,是伦敦最具活力的一个地方,也是 20 世纪 70 年代朋克文化(Punk Culture)的发源地。这个缤纷多彩的地方,充分地展示了海纳百川的英国对多元文化的包容性。

这天早上,丰满的阳光像一只水嫩嫩的梨子,柔软而甜蜜。我们来到了指定的地方,看到一名 60 来岁的男子淡定地站着。

他正是麦克。

戴了一顶红色的小帽子,脸上丝丝缕缕的沧桑,全化成了眼尾重重叠叠的皱纹;头发和胡须都修剪得很短,干干硬硬的,像被霜雪染白了的枯草。样子苍老的他,眼神却是年轻的,湛湛发亮。这是一张有故事的脸,而且,是急欲倾诉的脸。

这天早上,参加徒步观光团的,只有我和日胜两人。然而,麦克脸上并没有流露出一丝一毫的失望,他意兴勃勃地说:

"好天气,好日子啊!"

我们仨就像是老朋友一样,边走边谈。

麦克透露,在沦为无家可归的流浪汉之前,他生活过得极为惬意。他是单身汉,在一所商业大厦当维修经理，工余之暇，尽情享乐，过着今朝有酒今朝醉的生活。2008 年，经济衰退的风暴出其不意地掀翻了他人生的小舟，他被裁退了。

"足足两年，我四处奔波，把鞋子都磨平了，硬是找不到工作。我原本不多的积蓄全都花光了，交不出房租，被房东赶了出来。"回忆起这一段苦涩的生活，他的声音渐渐渗入了黄连，"我开始了四处为家的生活，整整一年，我就在好些朋友的家转来转去，将就地睡在沙发上。为了避免对朋友的生活造成过多的干扰，每家至多只住两个星期。"

每个星期六，教堂给贫困人士发救济品，他就去领。

"那些罐头和食物，一般上是由商家捐献的滞销品，味道是不敢恭维的，甚至，是恶心的；然而，为求果腹，不得不勉强吞咽下肚呀！"

一年过后，所有能够伸出援手的朋友，他都一一叩过门了。这时，寒冷的冬天降临了。在贫无立锥之地的凄惶里，他向教堂求助。教堂通常在每年的 11 月尾至次年 3 月尾之间让流浪者到教堂里过夜，并给他们提供一顿热食。

"天气实在太冷了，每天早上，一睁开双眼，除了厌烦，便是茫然。我一心只期盼夜晚快点到来，便可以享受那一顿热食和那一床温暖的被窝。"

就在生活沉到了谷底时，一线曙光突然照进他的世界。有朋友到越南去教英文，拉他一起去。他原是一尾搁浅于岸上的鱼，现在，总算游回了小溪里。在越南的生活虽然不宽裕，可是，自食其力，量入为出，倒也舒心惬意。

两年过后，生活的风暴再度来袭，他罹患重病，入院留医，不但被学校解雇了，而且，还欠下了一大笔医药费。

他把父亲当年留给他唯一的遗物劳力士手表卖掉了，还清医药费，飞返英国。

在慈善团体的帮忙下，他租了一间月租 100 镑的房间。这时，在重新规划人生时，他决定自行策划"徒步观光团"的路线，靠游客给予的小费过日子。这工作，既不必投注任何本钱，也没有年龄的限制；既有个人的自由空间，又不必受制于任何人。更重要的是，他喜欢这份工作。

"我曾在肯顿区流浪了好几年，熟悉这儿的每一寸土地。肯顿区最奇特的魅力在于富裕和贫穷不着痕迹地糅合在一起，花天酒地的繁华和捉襟见肘的贫穷随处可见。"

肯顿区有一条美丽的运河，河水清澈如镜，河上停泊着几艘装饰华美的游艇。麦克指出，在英国，好些人退休后把自家房子卖了，买一艘设备齐全的游艇，老两口就住在里面。游艇既是舒适的住屋，也是"豪华的旅馆"，玩到哪儿，就住到哪儿，悠然自得，把夕阳般的暮年过得有滋有味。夹杂在这些豪华游艇中间的，是一两艘简陋的小舟，小舟系在岸上，舟上坐着卖唱的艺人，抱着吉他，不问世事地弹着、唱着，旁边摊开一方彩色的布，供"知音人"抛赠零钱。

在波光粼粼的运河旁边，我还看到了另一种截然不同的人生。

有个流浪汉，佝偻着腰，坐在木凳上，旁边放着一个邋遢的大背包，背包上面，坐着一只肮脏的绒布小狗。我们行经他身边，他先而模仿狗儿吠了几声，继而用鼻音说道："我是班尼小狗，我生病了，请你们给我一点钱，让我去看医生，好吗？"这是一种可怜地保持自我颜面的乞讨

第三部分 欧洲

方式。我注意到，行经这儿时，麦克的脸色特别黯淡，也许，这个流浪汉勾起了他许多不堪回首的记忆吧？

离这儿不远，就是20世纪七八十年代放荡不羁的朋克族麕集的地方了，这也是一个龙蛇混杂的地方，音乐、美酒、时尚、文身、毒品，兼容并蓄，它不但吸引许多具有音乐天分而反世俗的叛逆青年，也吸引了不少时尚界和音乐界的名人，无形中为这个地方涂抹上让人惊叹的斑斓色彩。

麦克说：

"这是一个纸醉金迷的世界，挥金如土的人们，根本不知今夕是何夕。"顿了顿，又说，"过去，我经济能力好的时候，也常流连于此。我还不时碰到心仪的歌星和明星呢！"

当麦克在说着这些话时，仿佛在说着别人的事，语调里并没有太多的眷恋；有的，仅仅是一种千帆过尽的平静与恬然。

说着，走着，我们来到了热闹已极的肯顿集市。

集市外面的大街，是两排充满特色的店铺。引人注目的是店铺极端夸张的"立体招牌"，比方说，鞋子店外面，黏着比人体还要大的鞋子；家具店上方展示那张巨型的沙发椅，大小一如真实的椅子；餐馆外面盘踞着那一条张牙舞爪的龙，横跨了整面墙壁，等等。整条街，流满了让人目不暇接的奇趣。

由大街走入集市内，又是另一番天地。

许多风味不同的小食摊齐齐麕集，中国的杂菜、日本的章鱼丸子、西班牙的海鲜饭、意大利的馅饼、英国的炸鱼和薯条、美国的汉堡包、印度的咖喱饭、墨西哥的玉米烙饼、泰国的酸辣海鲜，林林总总，各种犀利的碰来碰去的气味，就是伸在空气里的一只只手，迫切地想要把人攫过去。

除此之外，还有各种小商品摊贩，大众化的品位、大众化的价格，游人如织，整个地方，饱饱地孕育着声音、色彩与光泽。纷繁的街音，化成了璀璨的风，在集市里熙熙攘攘地绕来绕去……

从集市走出来，麦克带我们穿越了绿草如茵的公园，慢慢地走上樱草山（Primrose Hill）。站在山丘上，泰晤士河两岸绮丽的风光尽收眼底。这天是星期天，五彩风筝满天飞舞，情侣绵绵情话满地流窜。

看着眼前平和恬然的画面，麦克有感而发：

"我常常来这儿欣赏落日，每回坐在草地上，幸福的感觉便特别强烈。以前，四处流浪时，哪有这种闲情逸致！现在，我虽然没有多余的闲钱可供挥霍，但是，至少，有地方可住，有三餐可饱腹，一切都能自给自足。"顿了顿，又无限感慨地继续说道，"回首前尘，我觉得我犯的最大错误就是没有积谷防饥。没有积蓄的人生啊，是如履薄冰的人生；脚下的那一块地，随时都会崩塌，人呢，也随时会陷落。有了积蓄，就等于随身携带了一条粗大的绳索，不论什么时候都能自救哪！"

曾在人生的泥沼里苦苦地挣扎过的麦克，悟出了比金子更为珍贵的道理。

◎ 丹麦

中午的阳光，像透亮的琉璃，娇里娇气地撒落在哥本哈根那道婀娜多姿的运河上，把粼粼的波光映照出一种钻石般的光彩。

我们沿着运河慢慢地走着，心里的快乐浩浩瀚瀚。

三个月前，在经过了无数次尝试之后，才像中彩票般在哥本哈根运河畔这家世界顶级餐馆诺玛（NOMA）订到了三个位子。根据规定，要去诺玛餐馆用餐，必须三个月前预订；每天上网订座者多达2000人，可餐馆的位子只有区区60个，一席难求。

英国杂志《餐厅》（Restaurant Magazine）自2002年开始，每年都会邀请多达800余名美食家、记者、餐馆老板和大厨，以匿名的方式，四出探奇，遍尝佳肴，再根据厨师的创意，评选出"年度全球50最佳餐馆"。能够跻身于这份素有"餐饮业奥斯卡"美誉的行列里，是所有经营餐馆者最大最圆最美的梦。

自2010年迄2012年，诺玛这家拥有三颗米其林星的驰名餐馆，连续3年被上述那极具权威性的"餐馆杂志"评为全世界排名第一的最佳餐馆。2013年，诺玛不幸发生食物中毒事件，餐厅关闭半年，进行整顿。2014年重新营业，再次夺得全球第一。

连连独占鳌头，当然使诺玛成为全球瞩目的焦点啦！

扬名全球的诺玛餐馆，是由一间拥有 250 年历史的仓库改建而成的。它并不是坐落于人潮川流不息的繁华闹市中的，反之，它安恬自在地置身于哥本哈根一个可以近眺蔚蓝海水与美丽游艇的码头旁边。令人颇感意外的是，餐馆内没有金碧辉煌的唬人气派、没有虚张声势的矜贵装潢；有的，是一种沉稳内敛的柔婉风情、是一种活力充沛的勃勃生机、是一种小家碧玉的温馨恳挚。

那天，在预约的日期和时间里，我们一家三口来到了这家赫赫有名的餐馆，万万没有想到，众多员工居然一字排开地站在大门处，齐声喊道："欢迎新加坡来的客人！"之后，热烈鼓掌。我们宛如上等贵宾般，被殷勤地引到了预订的桌子旁——这是诺玛餐馆独一无二的迎客方式；来自五湖四海的客人，都因此而被宠得飘飘然。

诺玛餐馆每天只能容纳 60 名顾客，可是，厨师居然多达 40 多名，服务员工也有 70 多名。最绝的是，其他国家好些名厨居然迢迢千里地前来提供义务服务，一方面是借此取经，另一方面，也为自己镀金，所谓一入龙门，身价百倍嘛！

在餐饮业上取得骄人成就的餐馆创始人兼主厨雷哲皮（Rene Redzepi），现年才 30 多岁。我曾经观赏过一部有关他的纪录片，片中透露，他出身贫寒，父亲是马其顿人，早年移居丹麦，以驾计程车为生，母亲则在食堂里工作。自小在哥本哈根长大的雷哲皮，不爱读书，满脑子都是新奇的想象。在家徒四壁的成长过程中，他一无所有，因此，在勇往直前的奋斗里，他无所畏惧，反正嘛，起点是零，奋斗的结果，不可能比零更糟。他母亲形容他是"完美主义者"，凡事没有达到尽善尽美的境界，绝不罢休。

他被同行与员工描绘为一位"狂暴的热情者"，苛于待己，严于待人。他有个遐迩闻名的"猴子论"，他说："人和猴子的差别，就仅仅只有2%而已，猴子只要多发展2%，就会进化为人类了。"弦外之音是：人必须快马加鞭自我驱策，否则，便与猴子无异了。他对员工训话时，一再强调："菜不好吃，客人会说：厨师没有用脑！"有一回，有客人投诉，他大发雷霆，斥责厨师："开业五年来，这是客人第一次把菜退回来，你要永远记得这一天，这是诺玛餐馆历史上最糟糕的一天！"说这话时，他满脸悲壮之色。

这名工作狂，从清晨一直工作到深夜，每周工作六天。

餐馆里设有一个研究与开发部门，研发可供食用的大自然食材，并探究如何通过有机的调味品去激发出最好的滋味儿。研发一个新的菜肴，至少需要两周的时间。

雷哲皮坚守的一个大原则是，采用当地的食材，以富于创意的构思为饮食勾勒出一个全新的面貌。

当天，诺玛餐馆为客人精心设计的品尝菜单（Degustation Menu），总共有洋洋大观的20道菜。

这些菜肴，包括：醋栗与接骨木浆果花、北欧椰子、野蔷薇果实、黑莓与玫瑰、野苔、奶酪饼与花茎、腌熏鹌鹑蛋、焦糖牛奶与鳕鱼肝、野豆、海胆烤面包、烧烤韭菜、茴香乌贼、海蓬子与大黄、洋葱和发酵梨子、甜菜与草药、椰菜花与松叶、马铃薯与鱼子、野鸭与羽衣甘蓝、蓝莓与蚂蚁、薯泥与梅子。

每一道菜，都配搭以餐馆特制的饮料，包括黄瓜加乳清汁、苹果加松子汁、大黄汁、核桃牛奶、芹菜加海草汁、甜菜根加红醋栗汁等等。据说，每种饮料都是经过反复多次的试验才研发出来的。不嗜甜饮的食客，也可选上佳美酒加以配搭。

20 道菜，一道一道慢慢地上。

每一道菜，都是精雕细琢的艺术品；每一道菜，都是视觉上的惊叹号。我们宛如进入了一所奇特的"食物博览馆"，啧啧赞叹那匪夷所思的创意。就曾有人指出，诺玛餐馆已经将食物提升到一个艺术化的新境界，每一道菜，都在触觉、嗅觉、听觉、视觉和味觉上体现出前所未有的想象力、创造力。

就以那道"茴香乌贼"来说吧，上桌时，是盛在一个远看好似水晶碗之类的精致器皿里的，然而，手一碰触，却有沁心的冰冷，原来呵，那竟是以晶莹冰块铸成的碗！训练有素的侍应生彬彬有礼地解释道："乌贼是全生的，必须在特定的温度里品尝，才能尝及最佳的滋味。"缠绕着茴香味的乌贼，软而不糜、韧而不硬，是味蕾上永远的钟情。每个玲珑精致的冰碗，用后即弃，要用时再做。餐馆里特设一个部门，专门铸造随用随弃的冰碗。

"洋葱和发酵梨子"，是另一道令我印象深刻的菜肴。一片片洋葱，赤裸裸的，透亮如玻璃。侍应生解释道："这是一道高难度的菜肴，我们希望能在有机洋葱里加入适口的酸味，可丹麦和北欧诸国都不生产柑橘或其他酸性水果，所以，我们从发酵的梨子中提取酸味，然而，酸度不足，经过再三研究，我们发现蚂蚁能提供一种让人提神醒脑的可口酸味，于是，我们把烧烤过的蚂蚁碾成粉末，撒在洋葱上面，形成了一种无可取代的绝佳风味。"说着，他指了指粘在洋葱上面那点点白霜，"瞧，那就是蚂蚁粉末了。"

酸味，像利器，有时会刮伤味蕾；然而，这有机洋葱却酸得非常含蓄，非常温柔，彰显了独树一帜的个性。侍应生微笑地透露：餐馆用以烹调的蚂蚁，都是主厨雷哲皮亲自采集的。他到空气新鲜的野外，在蚂蚁麇集的草丛里，把手温柔地放进去，无声地呼唤它们，蚂蚁络绎不绝地爬进他的掌心里，当他宽厚的手掌爬满了蠕蠕而动的蚂蚁时，他便小心翼翼地把这些没受任何污染的独特食材轻轻地放进箱子里。这些用以烹饪的，都可说是高度新鲜的有机蚂蚁呢！

"椰菜花与松叶"这道菜，只能用一个"绝"字来加以形容。椰菜花涂上了奶油，用 50 片松树的叶子层层叠叠地覆盖着，以猛火烧烤，松叶的清香活生生地渗入了椰菜花里。椰菜花上面被水蒸气炊得嫩嫩软软的，下面却被大火烤得焦焦脆脆的，同一道菜，却巧妙地呈现了两种截然不同的风味，棒极了！

最后上的那道甜品，简直让我瞠目结舌。一大片烤得香香脆脆的猪皮上面，疏密有致地镶嵌着颗粒状的巧克力，这两种原本在食材里绝对没有可能邂逅的咸与甜、油腻与清纯、伧俗与雅致，居然天衣无缝地结合成一个完美的整体，在唇齿间碰撞出一种既诡异又神秘、既新奇又出格的味道！

许多人对诺玛餐馆这些想象力拓展到极限的菜肴赞不绝口，然而，坦白地说，并不是每一道菜都让我的味蕾绝顶惊艳的；有些菜式，甚至是不合我口味的，比方说，"蓝莓与蚂蚁"，我就很不喜欢那若隐若现的腥味儿。

到诺玛餐馆去用餐，对我而言，最大的冲击其实不是来自食物的本身，而是雷哲皮事事追求完美那一丝不苟的认真态度，还有，时时努力不竭求新求变那逆流而上的奋斗精神。

世间，没有任何一种成功是唾手可得的。

雷哲皮让客人在品尝海鲜时吃到海洋的味道，在细嚼菜蔬时吃到阳光的滋味儿。他为丹麦菜肴注入了全新的生命力，从而赋予丹麦食物一个崭新的面貌。

2012 年，他被《亚洲周刊》评选为"年度全球百大最具影响力的人物"。

他是实至名归的。

◎ 立陶宛

一块块坚实细密的树脂，清冽、澄亮、剔透，看上去有着朝露般的清新，却又不可思议地浸染着长达 4000 万年的历史沧桑。

才一趋近，我便强烈地感受到一种生命力的骚动。

树脂里，斑斓的蝴蝶展翅飞舞、多情的蜈蚣匍匐而行、绚烂的甲虫孤芳自赏、勤快的蚂蚁掘洞储粮、跋扈的蚊子张牙舞爪，还有，数十只微小的飞虫集体郊游……

这些朝气蓬勃、神采飞扬的生命，在电光石火间，被一滴由远古松杉淌下来的树脂凝住了，像被巫婆点化了一般，无端端地成了一个"活的句号"，失去了飞舞与爬行的自由，住进了一幢幢金碧辉煌的"宫殿"里，永永远远释放无期。

在透亮如水晶的树脂里，我仿佛看到蝴蝶的翅膀在颤动、蜈蚣的脚们在蠕动、甲虫的身子在扭动……啊啊啊，那么真实，又那么虚幻；那么诡谲，又那么瑰丽；那么悲惨，又那么浪漫！

那天，来到了立陶宛西岸的城市帕兰加（Palanga），一放下行李，便兴冲冲地赶往颇具盛名的琥珀博物馆（Palanga Amber Museum）。

琥珀成形的过程异常复杂，远在几千万年前，远古松杉滴下的树脂被泥掩土埋，经过长长岁月的演变，才慢慢地形成了这种璀璨如钻的树脂化石。立陶宛及波罗的海沿岸诸国盛产琥珀，是因为远古地质变迁而导致欧洲北部大片森林土地没入海底，琥珀也因此成了当地取之不尽的海底宝藏了。

琥珀的确美得石破天惊，立陶宛人的想象力也就理所当然地长出了翅膀，各种有关琥珀的传说、寓言、神话，在坊间如水般流来流去。其中最脍炙人口的，是一则与爱情有关的故事。

传说海洋里有个美丽绝伦的女神，疯狂地爱上了一个魁梧壮硕的渔夫，爱得如痴如醉，不顾众神的反对，和他共赋同居。此举大大地触怒了海神，他发狠地施展法力，一举摧毁了女神的宫殿。雕梁画栋轰然坍塌，瞬间化成了万万千千晶莹的瓦砾。每当风吹浪掀的时候，这些好似泪珠一般的瓦砾，便会忧伤地浮上海面，幽幽地倾诉那个不朽的爱情故事……

这些晶光灿烂的瓦砾，被手艺精湛的立陶宛人化为耳环、戒指、项链、手镯、胸针、首饰盒、袖扣、笔插、香烟匣等等。此外，也有艺匠将琥珀打造为精美的工艺品和摆设品。

走在街上，出售琥珀商品的摊子和商店比比皆是。

琥珀根据出产地可以粗分为海珀和矿珀两种；而根据品质，又可细分为多种，包括：石珀、水珀、虫珀、花珀、金珀、蜡珀等等。其中以含有完整昆虫和稀有植物者最为稀罕。品种迥异，价格当然也就有霄壤之别了。

琥珀，还有医疗效用呢！

有位立陶宛人告诉我，琥珀能清肠排毒。她祖母将琥珀碎粒浸在热水里，天天饮用，现在年过九旬，依然耳聪目明，健步如飞哪！她也说，琥珀有消炎作用，把琥珀磨成粉末，洒在伤口上，很快痊愈。

立陶宛人相信琥珀可以"安五脏、定魂魄、去鬼邪"，所以，他们喝琥珀、戴琥珀、摆琥珀，生活被琥珀点缀得有滋有味、有声有色。

在帕兰加琥珀博物馆里，我痴痴地看着那一只只被禁锢在松脂里的昆虫，心中暗忖：它们在最旺盛、最美丽、最快乐的一瞬间，生命宛如电影镜头般被定格了、冻结了，到底是幸，还是不幸呢？倘若有一天，树脂不可思议地融掉了，4000万年前的昆虫自琥珀里释放出来时，看到这个乱糟糟的世界，会不会立马被吓疯了呢？

这样一想，我还是希望它们能继续恬然地活在4000万年前那个安静纯朴的美好世界里……

精神的力量

尽管出发前已经有了充分的心理准备，可是，来到时、看到时，却还是无可避免地吓了一大跳。

十字架，大大小小、高高矮矮、形形色色，多而密、密而多，不计其数，迤迤逦逦地由平地一直延伸到小丘上。小者三四厘米，大者高达两三米，参差错落而又乱中有序地排列着，蔚为奇观。

根据保守的估计，十字架山至少伫立着十余万个十字架！

那种壮观，那种浩瀚，那种磅礴，着实让我看傻了眼！

十字架山位于立陶宛北部城市希奥利艾（Siauliai）以北 12 公里处，置身于这个被联合国列为世界文化遗产的朝圣地里，我清清楚楚地听到了教徒虔诚的祈求，看到了历史走过的沧桑，也触摸到了政治累累的伤痕。

立陶宛的十字架山，源起于外敌的蹂躏。

立陶宛在 1795 年被俄罗斯吞并后，民间反抗的力量一直暗暗地酝酿着。1831 年，立陶宛人揭竿起义，遗憾的是，失败了。许多义士成了烈士，尸体不知所终。信奉天主教的家属们在无法寻获尸骸的焦虑、悲愤与痛苦中，相约在夜里悄悄潜到希奥利艾北部一个孤寂无人的小丘上，安置十字架，为失去的亲人祈祷、为多灾多难的国家求取和平，更为发起立陶宛的独立战争而祈求勇气和力量。

十字架的数目与日俱增，渐渐地，它变成了立陶宛天主教徒以和平方式表达内心意愿的一块神圣的净土了。

在俄罗斯的百般压迫下，立陶宛人于1863年再次起义，很不幸地，又再次失败。到十字架山安放十字架的人愈来愈多了，他们冒着被发现与被逮捕的危险，在风高月黑的夜晚，把代表着心中意愿的十字架偷偷背来、悄悄运来，安放在这儿，在心理上，他们插着的其实是一面面象征胜利的旗帜。

1918年，第一次世界大战结束后，一直渴望摆脱俄罗斯的立陶宛，终于如愿以偿地独立了。十字架山至此成了立陶宛人感恩惜福、寻求心灵平静的一个美好的地方。

然而，第二次世界大战过后，命运多舛的立陶宛，再度被吞并，成为苏联加盟共和国之一。在这段长达40多年（1944至1990年）痛苦不堪的漫长岁月里，立陶宛人为了表现自己对原本国度的忠诚、显示自己对宗教的虔诚，在漆黑的夜晚，络绎不绝地、偷偷地来此安放十字架，十字架的数目，以惊人的速度增加着……

这种情形，当然大大地激怒了当年的苏联政府，有关当局曾经三次大费周章地把铺天盖地的十字架移走，一移再移，可是，不屈不挠的立陶宛人就像烧不尽的野草一样，就算春风不吹，他们也卷土重来。宛若雨后春笋的十字架，旋踵又悄无声息地冒了出来。可以这么说，安放十字架已成了立陶宛人在政治上进行和平抵抗的一种方式了，十字架象征的正是立陶宛人内在的巨大力量，也是精神上的一盏盏明灯，它是无法消灭、不可摧毁的。

盼得云开见月明，1990 年，立陶宛终于挣脱苏联的控制而宣告独立了。

目前，这座小丘，已成了万万千千教徒与非教徒不远千里前去瞻仰的一个意义非凡的地方了。1993 年，保罗教宗亦曾莅临于此。

迄今，许多人仍然心怀敬意，带着十字架前去安放，祈求福祉，所以，十字架的数目，仍然不断地增加着、增加着……

远远望去，这一个个直直地屹立着的十字架，就像是一株株盘根错节的树，它们的根，就像八爪鱼般，深深地伸进了立陶宛的千家万户里……

位于立陶宛中部城市考纳斯古城（Kaunas）这所举世无双的魔鬼博物馆（Meseum of Devils），让我神魂颠倒。

它既不阴森，也不诡谲，更没有耍弄一些哗众取宠的雕虫小技来吓唬人；反之，在一定的娱乐性里，它展示了令人惊叹的深度与高度！

魔鬼博物馆楼高四层，展出来自世界各地 2000 余件与魔鬼有关的物品，包括：木雕、铜雕、石雕、陶器、画作、脸谱等等。难得的是，每件展览品都附着一则有关魔鬼的传说、童话、寓言、神话、民间故事，充满了文学的趣味性。

有些故事，蕴含着发人深省的教育意义；有些却满溢引人发噱的嘲讽意味。

说说一些让我印象深刻的故事。

之一：

有个聪明人在路上和魔鬼相遇，魔鬼和他讨论究竟谁比较聪明，二者纠缠不清，没个定论。后来，聪明人指着地上的一个洞，说："如果你能把自己塞进那个洞，就表示你比较聪明。"魔鬼二话不说，快速遁入洞里，这时，聪明人以迅雷不及掩耳之势，用花楸树把洞口死死地堵上了。

之二：

有一只鬼，利用羊尿酿酒，酿好了，便携着酒钵，四出寻找意志薄弱的人，然后，使尽浑身解数，引诱他们沉溺于杯中物。如果那人只喝一两杯，魔鬼的魔法是无法施展的，但只要他连续喝上三杯，喉咙便会痛苦地燃烧起来，这意味着他已着了魔鬼的道儿，此后一生，沦为魔鬼的奴隶，任魔鬼为所欲为地驱使。

之三：

有个中年人，骑着一匹瘦马出门去，半路上遇到一个赢弱的青年（其实是鬼），骑着一匹硕壮的骏马。中年人摆出一副凶神恶煞的样子，勒令那名青年与他交换马匹，青年默不作声，依言换马。中年人意气风发地策马回家。次日，想向邻居炫耀，然而，来到马厩一看，哪儿还有骏马的踪影呢？原本拴马的地方，冷冷伫立着一块木墩……

之四：

有一天，平素喜欢恶作剧的一只魔鬼，看到一名农夫愁眉苦脸地坐在田畴间，趋前探问发愁缘由，农夫说："风不来，风车转不动。"魔鬼一听，便使用魔法助风车转动，农夫见风车转个不停，大喜过望，连连道谢。魔鬼发现帮助人比作弄人快乐得多，从此，经过田野的人总会看到一个令人感动的景象：一只鬼呼呼地吹着风车，一名农夫勤勤地耕耘，人和鬼，合作无间。

之五：

有个女巫，自魔鬼处学得了一些法力。她的儿子爱上了村庄里的一名女子，她不喜欢，于是，化身为一只大黑狗，守在女子屋前。儿子一来，黑狗便狂吠不已，还作势欲扑，儿子一气之下，便狠狠地砍下了黑狗的耳朵，还剁了它的爪子。当晚回家一看，骇然发现母亲的耳朵和双手竟然被砍掉了、剁下了！

之六：

雷神和魔鬼是宿仇，魔鬼无所不在，它们藏身于水里、土里、石里，雷神每当发现它们的踪影，便大吼大叫地射出一支又一支的箭，这时，大地上的人，便可以听到雷声隆隆、看到电光闪闪，随后落下的滂沱大雨，是魔鬼败北的号啕泪水。雨过天晴，便意味着代表正面力量的雷神大获全胜！

之七、之八、之九、之十……

我注意到，每则故事，都有一个让人深思、反刍、回味的亮点，因此，原本让人生畏的魔鬼，到了聪明的立陶宛人笔下，居然成了文字的教化工具！

在立陶宛，与魔鬼挂钩的各种传说、故事、寓言，多如恒河沙数；还有不计其数的成语、谚语、谜语，也和鬼怪有关。

在立陶宛人的笔下，魔鬼常会化身为人，有时，是活泼爱闹的年轻人；有时，是彬彬有礼的绅士。它们的特征是皮肤黧黑，爱穿红衣或青衣。有趣的是，魔鬼和人的关系不一定是对立的。魔鬼怕雷神，雷神一吼，魔鬼便得要求人类给它们寻找隐秘的藏身处，交换的条件往往是金钱，因为人类爱嗅铜臭味。立陶宛人喜欢借助魔鬼而针对人类的弱点、偏见和怪癖进行毫不留情的嘲讽。

比如说，有个故事，叙述一名青年有双通灵的眼睛，有一回在舞会上，看见一只鬼混在人群中，忘情地扭舞。青年见那只鬼单独无伴，胆子便壮了起来，恃着阳间人多势众，他气焰高涨地责问那只鬼："为何你要闯进阳间来？"言毕，不由分说，便揪着那只鬼狠狠地打。鬼苦苦哀求青年饶了它，并许诺在他帽子里放满金币。青年嘱咐那只鬼晚上把金币投入放在烟囱上的帽子里，鬼连声答应。夜幕低垂时，鬼依言把金币投进帽子里，可是，投呀投的，却老是放不满，金币哗啦啦地往下掉，掉掉掉，整间屋子变得金光闪闪的……原来呵，那贪婪的青年竟然事先偷偷地在帽子底下剪了一个大洞！

这则故事，把人类欺善怕恶、不守诺言、贪得无厌的丑恶面貌揭露无遗。

在魔鬼博物馆中，令我大开眼界的是，文学世界里的许多魔鬼，居然施施然地从书本里走了出来，与其他形式的艺术结合得天衣无缝——雕塑品精美绝伦，彩画和脸谱想象奇特，而那绘着魔鬼图形的套套茶具碗碟更叫人爱不释手。我一面细细地欣赏，一面慢慢地读着一则一则译成英文的魔鬼故事，着实为立陶宛魔鬼世界的缤纷多彩而击节叹赏！

魔鬼博物馆创设的构思，来自立陶宛一位著名的画家暨教授安塔纳斯·瑟姆的自那威克斯（Antanas Zmuidzinavicius）。

在而立之年，有人送了安塔纳斯一件以魔鬼为主题的雕塑品。这件艺术品，雕的是一名长着翅膀的漂亮天使，一脚踏在一只张牙舞爪的魔鬼身上，魔鬼脸上流露出慌张与痛苦的表情，显示了邪不胜正的力量。安塔纳斯惊喜莫名，因为他发现了雕塑品内蕴藏了一个涵括了宗教、民俗、文化、文学等元素的世界，博大精深、无比丰富。他越看越爱，从而激起了强烈的兴趣。从此，四处搜集与魔鬼有关的多种形式的艺术品。

由于世人多敬鬼神而远之，因此，世间以魔鬼为主题的艺术品寥若晨星，安塔纳斯不敢把目标定得太高，他希望能搜集到13打（156个）便于愿已足了，皇天不负苦心人，他最终居然搜集到260个！

1966年，安塔纳斯以90高龄撒手尘寰，后人遵从他的遗愿，把他的故居捐给政府，改为魔鬼博物馆。

搜集魔鬼艺术品的工作，并没有因为安塔纳斯生命的终结而画上句号，搜集的范畴也由立陶宛而扩充到世界各国。到了1982年，由于收藏品越来越多，有关方面于是另外建立了这所高达四层的展览馆，迄今，魔鬼博物馆的收藏品已多达2000余件了！

博物馆里有件木雕品，雕的是安塔纳斯本人。只见他驮着一个大大的背包，发狂地追着前面那只狼狈奔逃的魔鬼。他追，是因为他要把那只魔鬼"收归己有"。

人活到了这个境界，可真是天不怕、地不怕了呀！

对着这件满溢幽默的木雕品，我哈哈大笑。

◎ 拉脱维亚

鱼的故事

里加的秋，反常地冷，冰寒的空气像长出了许多荆棘，刺得人浑身发痛。我们在道加瓦河畔老城那宛若蜘蛛网般的小巷子里穿梭来去，硬是找不着旅游册子上大力推荐的那家海鲜餐馆。寒气变本加厉地由尖尖的荆棘化为锐利的匕首，正当我自觉无法再抵御时，一家装潢美丽的餐馆适时撞进了眸子。

是一家以鱼为号召的餐馆，店名就直截了当地叫作"鱼餐馆"（Fish Restaurant）。

像飓风般飞卷进去。

餐馆的布置，独树一帜。左边墙上，别出心裁地贴满了渔夫打鱼的照片。一尾尾结实的大鱼，在敞开的大网里鲜蹦活跳；在薄薄的晨曦中，渔夫瘦瘦的脸绽放着胖胖的笑。右边墙上，五彩缤纷地张贴着鱼们在盘子里的千姿百态——炸得金黄脆亮的、煎得酥脆油亮的、煮得润泽浓稠的、烩得雪白嫩滑的等等，充满了丰腴的诱惑。

鱼们由大海游到餐盘那种引人遐思的新鲜，着实让饕餮垂涎三尺。

列在菜单上的，全都是鱼。知名与不知名的鱼、煮法各异的鱼。

鱼鱼鱼、鱼鱼鱼。

眼花缭乱之际，笑容可掬的侍者"拔刀相助"：

"我推荐你们点食今天捕获的鱼（Catch of

the day），保证新鲜，早上送来时，还跳来跳去呢！"

大喜过望，从善如流。

侍者语调欢快地说道：

"你们放心，厨师会以最拿手的方式为你们烹调，保证满意。"

接着下来，正餐未上，却惊喜连连。

盘成螺旋形的牛油，以三种颜色美美地现身。侍者解释：绿色者掺入了菠菜，褐色者加入了蘑菇，奶油色的呢，内蕴花生。色泽缤纷，滋味细致。

新鲜出炉的面包，也是一绝。一只只丰满肥圆，放在镂空雕花的小藤篮里，软绵绵、热腾腾，面包里嵌着薄薄的杏仁片，香味像烟花一样散开，吃时，有腾云驾雾的感觉。

"主角"在引颈期盼中现身了。

一看，便双眼发亮。

盘饰漂亮，在红花绿叶当中，躺着一尾很大很大的鱼，煎得赤黄赤黄的，亮光闪闪，像披了黄金盔甲的战士。

喜滋滋地切开来吃。

原以为外脆内软，原以为鱼鲜肉嫩，原以为海洋的味儿会呼啸着卷上舌面……

居然不。

鱼，煎得太老，厚厚的皮很硬，哎呀，没有想到，真的是盔甲耶！要命的是鱼肉，不但没有一丁点儿鲜味，连鱼味也没有，好似在吃浸了水的柔软纸张！

坦白说，吃鱼多年，从来没有尝过这样一无是处的"蜡味鱼"！鱼质不好，调味也差；小尝几口，便颓然放下刀叉。

意兴阑珊地冒着寒风回返旅馆后，上旅者网站"猫途鹰"搜查资料，但却在无意中看到了有关这家餐馆的评述，有名曾经光顾的旅客如此写道：

"位于里加老城的这家'鱼餐馆'，着实让人难忘。餐馆的装潢好、布置好、气氛好、服务好，上桌的面包好、牛油更好。唯一不好的是鱼。"

在异国的夜里，我纵声大笑。

这家餐馆，店名是"鱼"，菜式呢，也仅仅只有鱼。可是，可是呀，它样样都好，唯鱼不好。

实际上，不论从事哪一门工作、哪一种行业，都必须认清自己的本分。

分内的工作，当倾尽全力，务求做得最好；最好之后，还要更好；更好之后，再上一层楼。其他的一切，都只是配件，做得好，当然是锦上添花；做得不那么好嘛，也不致影响大体。

倘若主次不分，本末倒置，便会出现像上述那家"鱼餐馆"般"样样都好，唯鱼不好"的难堪局面了。

当许多国家都无奈地顺应时代的潮流而让传统手工艺走进死胡同、继而走向死亡的当儿，拉脱维亚西南部城市利耶帕亚（Liepaja）却为了保留古老的手艺，刻意做出了很大努力。

17 名手艺精湛的民间艺匠，包括织布匠、铜雕匠、藤织匠、首饰匠、木刻匠等等，每天麇集在一所双层的古老建筑里，以蜗牛般的速度，安静而又快乐地做出一件件无懈可击的手工艺品，顽强地和这个急躁而又粗糙的时代相抗衡。

负责人丝雅白女士表示，设立这所"能工巧匠艺术中心"，表面上是向游客展示拉脱维亚传统的手工艺品，实际上，真正的目的在于促进年轻一代对传统手工艺的认识与了解，进而激发他们的兴趣，借此寻求传承的管道。

凡艺匠提出申请而被接纳后，便可以免费进驻这所"能工巧匠艺术中心"，独居一间宽敞的大房，潜心工作。由于中心只有寥寥 17 个房间，因此，每名进驻的巧匠，都必须经过极其严格的筛选。手工艺品做好之后，便放在展览室里出售，所得收入，由中心和艺匠对半平分。有关方面也鼓励艺匠收徒授艺，使各种传统技艺得以广为流传。

让我印象最为深刻的，是一名织布的老妪。

年过七旬，人生的沧桑都被她不动声色地匿藏了，多皱的脸，清朗无阴霾。她安适地坐在古老的织布机前，手脚麻利地移动着梭子，把漫长的岁月一寸一寸地织进了彩线里，双手的温度，暖暖地化成了布匹的温润。我问她，纺织这门古老的技艺会失传吗？她以一双看尽千帆的眸子看着我，应道："失传，你开玩笑！你看看，我发不脱、齿不摇，身强力壮，活上百岁，不成问题，我至少还有长长的25年可以广收徒弟呢！"丝雅白把她所说的俄语生动地翻译成英语时，边译边笑，我们也笑成了一团。丝雅白说，织布婆婆最近还收了一位因为遭逢车祸而失明的年轻徒弟，在教她巧妙地化丝线为锦绣的当儿，也让她重拾了人生的大乐趣，一石二鸟。

在中心的大堂里，挂着一条长达123米的琥珀项链。丝雅白在看着这条项链时，目光变得非常温柔。她透露：过去，每当季候风吹来时，波罗的海便掀起巨大的波浪，深海里的许多琥珀被大浪冲到浅海处，当地居民纷纷携带渔网去捞取。令人感动的是，许多人都把这些市价颇高的琥珀慷慨地捐献给中心。

集腋成裘，琥珀渐渐堆积成丘。

艺匠以巧手把颗颗琥珀打磨得浑圆发亮，串成了一条重达60多公斤的琥珀项链，这条被誉为世界最长的项链，完美地展示了利耶帕亚人万众一心的精神。

"如何让年轻一代的双手重新染上传统手艺的馨香，是我们目前最大的挑战。"丝雅白说。

使丝雅白忧心忡忡的，是现实与面包的考量。目前，拉脱维亚的经济情况不好，年轻人为稻粱谋纷纷出国他去，大家都静不下心来学习这些需要绝大耐性的古老手艺。

"我们现在逆流而走，当然辛苦，可是，艺匠们如果能以拾海星的心情坚持下去，相信传统手艺是不会湮灭于拉脱维亚的。"

说这话时，丝雅白的脸，满满都是坚毅的信心。

我看着大堂里那条"众人拾柴火焰高"的琥珀项链，默默地想：丝雅白说得对，团结一致的利耶帕亚人，是绝对不会轻易让传统手艺成为世间绝响的……

另类旅馆

一迈入这幢暗暗沉沉的砖红色建筑，便有一股寒意从背脊阴阴地蔓延到脚踝。

据说一到夜晚，建筑物里便会"咚咚咚"地传出来历不明的脚步声、闪闪烁烁的电灯泡会莫名其妙地碎在地上，紧闭着的牢门也会自动地开开关关，还有，凄厉的叫声隐约可闻……这些让人毛骨悚然的闹鬼传闻，为这幢魑魅魍魉的建筑物蒙上了可怕的阴影。

这栋位于拉脱维亚西南部城市利耶帕亚的建筑，就是让人闻而丧胆的卡洛斯塔监狱（Karosta Prison）。

这所百年老监狱，在 1900 年创建时，原本是隶属于拉脱维亚海军的一所医院，然而，它从未被充作悬壶济世之用，一建竣便用以惩罚触犯条规的海军——凡不守纪律者，便送来这儿囚禁，短则一两天，长则一两个月。

拉脱维亚沦为苏联的附属之后，这所监狱，就成了苏联政府腐蚀囚犯意志力的一个可怕地方了，据说曾有数百名囚犯在此遭枪击头部而死。

到了 1991 年，拉脱维亚脱离苏联独立后，这儿依然是海军罪犯的图圄。在一间牢房的一隅，还可以清楚地看到囚犯在墙壁上为自我打气而刻下的字句、图画、标语，上面署明的日期是 1997 年。

如今，这所监狱已经成为全欧洲唯一开放

给公众参观的军区监狱了。

监狱里设有 37 间小囚室，每间可囚 4 人，然而，讲解员指出：在高峰期，狭隘的囚室，每间居然囚禁多达 50 人！囚犯白天外出劳役；晚上回来，只能胸贴胸或背靠背挤成一团地站着睡，真是非人生涯呀！

监狱里还设有黑房，用以折磨不听话的囚犯。黑房小得连转身的空间也没有，门一关，无边无际的黑暗膨胀得像一头阴鸷的兽。囚犯每天只被供应一丁点儿面包和些许食水，根本不足以充饥或解渴，然而，我想，摧残囚犯的，应该不是饥渴，而是那让人灵魂也发怵的黑暗吧！

这所令人生畏的监狱，近年来，竟然变魔术似的化身为别开生面的旅馆！

一所阴森恐怖的监狱，怎么可能变成足履天涯者的乐园呢？

千真万确。

有关当局目前已将监狱里的 20 间囚室出租给喜欢寻求刺激的旅客，让他们得以通过这种别开生面的方式，体验黑暗的铁窗生涯。

膳宿每天 10 拉特（折合新币约 25 元），旅客入住之前，必须签署协议书，表示自愿接受类似囚犯的待遇，包括食用由栅栏门递进来的粗糙牢饭、卧睡于牢房冰冷坚硬的地板上。此外，还必须严格遵守监狱的条规——犯规者得忍受"狱卒"的粗言辱骂，还得接受惩罚，打扫牢房。

上述入住条件听起来像是噩梦，但是，那些想切实体验牢房生涯者却甘之如饴。

各种耸人听闻的鬼怪之说，就是由旅客们绘声绘影地传出来的。胆子大的，誉此为"全欧洲最酷的旅馆"；胆子小的，次日一早便脸青唇白、跌跌撞撞地退房了。

让我惊讶的是，利耶帕亚有些父母，竟然不嫌监狱霉气，刻意把孩子送来试试当阶下囚的滋味，目的是让他们知道犯罪之后必须承担的苦果。

娇生惯养的孩子，经此折磨，铭记终生。

非常喜欢这种活的教育方式。

与其让孩子出事后蹲在牢房里面壁思过，倒不如未雨绸缪地给他们先尝尝那枚难以吞咽的苦果，以此作为日后行为的紧箍咒，使他们凡事三思而行。

这所"另类旅馆"，不但为利耶帕亚增添了旅游的魅力，还为当地的家庭教育做出了很好的贡献哪！

◎ 爱沙尼亚

塔林（Talin）的美，是极具震撼性的。

这个拥有 800 多年历史的古城，三面环水，碎钻似的粼粼波光，铺陈出一片醉人的温柔。最勾人心魂的，是那古色古香而又大里大气的旧城，在庄严中透出秀丽，在恢宏里映出雅致，既有着浩瀚的气势，又蕴含恬静的气质。

溜达竟日，双眸被那无处不在的美撞得伤痕累累。

当天晚上，在公园临时搭建的宽敞舞台上，艺术团体呈献了一场高水准的芭蕾舞表演。在长长的一个半小时内，人潮密集，却又鸦雀无声。音符优优雅雅地飞绕着，人们如痴如醉地观赏着。

塔林是爱沙尼亚的首都。

爱沙尼亚是波罗的海沿岸的一个小国，我与它一见钟情。然而，让我吃惊的是，根据幸福指数显示，在欧洲诸国当中，爱沙尼亚人是最不快乐的子民。

是沉重的历史让他们活得宛如惊弓之鸟。

爱沙尼亚曾经多次遭受列强包括德国、瑞典、波兰、丹麦、沙俄的侵略。在异国的统治下，国民有很长的时间在自己的国土上悲愤交集地沦为次等公民。1918 年独立，然而，第二次世界大战初期，再次惨惨地被苏联吞并。

在塔林的历史博物馆里，我明确地触摸到了当地人的伤痛。

在被苏联吞并期间，爱沙尼亚人天天活在恐惧和痛苦当中。不计其数的人在睡梦中被唤醒，遣送到天寒地冻而粮食匮乏的西伯利亚去，在高压下从事牛马不如的劳役工作，宛如活在人间地狱里。当时，许多有志之士都纷纷逃入森林中，成为顽强的游击队员。

一边，是寻常百姓屈辱不堪地死在西伯利亚的苦役里；另一边，是游击队员灯蛾扑火般死在前赴后继的反抗活动中。国土被异国蹂躏，民族尊严和性命，全都被轻贱地典当了。

到另一个城市塔尔图（Tartu）去，参观"苏联国家安全委员会博物馆"（KBG Museum），爱沙尼亚人曾有的痛苦，在这儿更是鲜血淋漓地展示着。苏联国安会不受法律管制，除了对内、对外进行深度渗透、收集情报以及进行破坏工作外，它也是苏联严厉对付政治异见者的组织。任何人，就算是无意间说错一句话，都会被追究，而一进入苏联国安这所阴沉的建筑，便有面对世界末日的战栗。如今，改成博物馆，依然滞留着昔日的阴森。过去响着的各种痛苦的声音，诸如：审讯的吆喝声、受刑的惨叫声、恐怖的枪杀声，都活灵活现地以录音真实地还原着……

让人感慨万千的，即连儿童的乐土，也晃动着时代的阴影。

在塔尔图，有一所别开生面的"玩具博物馆"，琳琅满目地展示了5000多件适合不同年龄层的儿童玩具，充分地展现了爱沙尼亚人丰富多彩的想象力。其中一隅摆满了纸质和布质的粗陋玩具，旁边的说明文字是：在苏俄占领期间，许多人蛰居于家，自制玩具，借以打发抑郁苦闷的日子。

爱沙尼亚于 1991 年独立，但是，苏联投入芬兰湾的大量海雷，如今依然恶形恶状地残留着，成了爱沙尼亚人胸口永远的痛。

　　在爱沙尼亚，不论是大城还是小镇，售卖鲜花的摊子特别多，当地人以沉重的语调说道：

　　"过去，长期受蹂躏，心灵受伤，现在，虽然独立了，余悸犹存，而鲜花啊，就是我们永远的抚慰剂了。"

　　活在花香里的爱沙尼亚人，惜福。他们的惶恐和忧悒，其实正是国家的忧患意识在作祟。

错失

爱沙尼亚被誉为无线网络的天堂。

旅馆、餐馆、咖啡座、商场，处处、处处，不必密码，便可上网；想上多久，悉听尊便。在户外的任何地方，也都可以随心所欲地进入网络世界。

在国外旅行，从来不曾当"低头族"当得如此痛快淋漓，分文都不必支付耶！然而，也正因为这样，网瘾深入骨髓的我，变得心猿意马——到风光旖旎的公园去，一看到石椅，便扑过去坐，一坐下来，便径自上网，查电邮、读网络消息、看微博、读脸谱（Facebook）；而到其他观光点去，走马看花之际，总也想伺机上网瞧瞧。

最顺心惬意的是，在爱沙尼亚境内，乘搭长途公共汽车，在车上竟也能免费使用无线网络。由塔林到塔尔图那两个半小时的旅程里，我忙得不亦乐乎，发电邮、发短信、发照片，全程都当了忠贞不二的低头族。

事后，有人满心欢喜地谈起沿途好风光，我才跌足追叹自己竟然愚蠢地错失了观景良机！

有个晚上，到塔林一家名为拉伯塔加（La Bottega）的餐馆去。一坐下，便讶异地发现桌上有个小小的告示牌子，上面清清楚楚地写着："本餐馆禁用手机。"禁用手机？这是哪门子的禁令啊？我尝试用平板电脑上网，竟然也连不上线。在爱沙尼亚这个无线网络的天堂里，这可真是个异象呀！

餐馆东主是个年过五旬的妇人，来自意大利。圆滚滚的下巴有个孪生姐妹，眼角眉梢都是细细碎碎的笑意。

在受询时，她幽默地说道：

"手机和网络，对于厨师来说，都是洪水猛兽啊！它们让食客分心分神，食不知其味。"说着，眼里的调侃没有了，取而代之的，是一脸的认真严肃，"实际上，在餐桌上，只有当你全心全意地细加品尝，才能尝得到食物内在的好滋味啊！厨师使尽浑身解数去施展厨艺，难道不该得到一点儿起码的尊重吗？"

言之成理。

许多食客，总在菜肴上桌后急迫地让手机先舔食物而后又急切地发到脸谱上去，任由热腾腾的食物难堪地在一旁静静冷却；另有些食客，一面囫囵吞枣，一面浏览网站或频发短信，一心多用，致使跌跌撞撞地落到胃囊里的食物暗暗悲叹"遇人不淑"。

在塔林这家"禁用手机、禁止上网"的餐馆里，每一盘上桌的食物，都显得容光焕发、千娇百媚。

在柔和的灯光下，大家细细品尝，絮絮交谈，气氛和谐融洽。我仿佛走进了时光隧道里，回到了手机尚未面世、网络尚未盛行的那个朴实无华的年代……那个时候啊，伴着美味佳肴的，永远是亲昵亲切而又温馨贴心的谈话声；那个时候啊，吃进嘴里的，菜有菜味，肉有肉味，鱼是鱼、蟹是蟹，是食物备受尊重的滋味，是真正的好滋味。

最近，好友阿娟的女儿朱莉自美国学成归来，然而，在谈及她时，阿娟的语调，却满满满满的都是无奈：

"每回共餐时，她总对着平板电脑以十指喋喋不休。明明近在咫尺，感觉上却远在天边，那是一种无法逾越的距离啊！这种距离，比天各一方更为遥远呢！"

这是多么沉重的话语啊！

当年轻的朱莉屡屡以手指在平板电脑上快乐地飞舞着时，她不知道，她其实已经一回又一回地和宝贵的亲情擦身而过了。错失了的风景，可以重逛；错失了的食物，可以重尝；唯有亲情，是有时限的。有时，错失了而想重享，机会不再。

树欲静而风不止，子欲养而亲不待。

◎ 克罗地亚

松露的桃源

　　莫托文（Motovun）这个坐落于陡峭山顶上的小镇，每一栋依山而建的房屋，都浸染着历史的沧桑，然而，在那一块块古老敦实的砖瓦上、在那一幢幢保持得极好的中世纪建筑里，我却看不到任何岁月的寿斑，落入眼帘的，仅仅、仅仅是一种气派恢宏的俏丽。

　　最奇的是，在这个浪漫的山城里，阳光、河流、泥土、森林，都隐隐地散发着一种气味，一种非常神秘的气味。

　　我就是受这股气味吸引而舟车劳顿地前去的。

　　那是松露（Truffle）所散发出来的气味。

　　这一股气味，远在罗马时代，便使罗马人、威尼斯人和鄂图曼人趋之若鹜了；到了如今，松露更成了饮食界里恒久不变的"神话"，与鱼子酱和鹅肝并列世界"三大珍馐"。

　　莫托文位于伊斯特拉半岛（Istria），隶属克罗地亚。

　　我从来就没有机会一睹松露的庐山真面目，因为松露价格昂贵，每每上桌时，就已经被磨成碎粒、切成薄片或削成细丝，"锱铢必较"地撒在食物上。

　　来到了盛产松露的莫托文，平生第一次，我看到了松露的原貌。

　　在山上的一家餐馆里，松露就赤裸裸地展示于玻璃柜内。深棕色，大小一如乒乓球，表面凹凸不平，细小纹理散布其间，强烈的气味呈辐射状般散发出来。

松露，其实和榴梿是有某种相似处的——爱者宠之、憎者仇之，爱与憎的关键，全在于那具有侵袭性的气味。喜欢它的，觉得它味儿繁复迷人，是蒜头、奶酪、蘑菇、蜂蜜等的圆融混合体，食后回甘，齿颊留香；讨厌它的，却以各种不堪的词语来形容它，说它像肮脏的袜子、坏了的鸡蛋、发霉的玉米、腐烂的树叶等等，还投诉说吃了之后，嘴巴里残留的霉味，无论如何也清洗不掉。

迄今为止，松露尚不能以人工大量培植，它们全都是野生的，通常长在松树、橡树、栎树底下，生长条件苛刻，因此，价格不菲。伊斯特拉半岛的松露，多长在莫托文周遭的森林里，那儿土地潮湿，长满橡树，松露就静静地长在靠近橡树根部离地大约八寸深的地方。

由于松露不动声色地藏匿在地底下，要寻找它们是颇费周章的。伊斯特拉半岛上的人，聪慧地利用受过良好训练的猎犬去完成任务。

地底下的黑松露，通常在 5 月至 11 月间释放香气，白松露则在 9 月到次年 1 月间香气流溢，而这连绵不断地散发出来的香气，便是一根无形的绳索，能把狗儿准确无误地牵引过去。挖掘松露，晚上效果较好，因为整个树林笼罩在伸手不见五指的浓黑当中，狗儿寻觅松露时，会凭借嗅觉而不依靠视觉，松露所散发的浓烈气味，能刺激狗的嗅觉，依香气追踪而去，宛如探取囊中物。不过呢，狗儿在林中兜兜转转七八个小时而一无所获，也是常有的事。找到松露后，主人便用小耙子小心翼翼地挖出来。

有趣的是，在其他一些地方，如法国，是利用猪来寻找松露的。猪的嗅觉灵敏，发现松露的概率极高，唯一的问题是，猪们嗜食松露，有时，松露一从泥土中探出头来，馋嘴的肥猪大口一张，便整个吞掉了。挖者徒劳无功，跌足捶胸！

伊斯特拉半岛松露产量很高，在第二次世界大战期间，由于肉食匮乏，当地农夫就将大量的松露拌和着玉米面同吃，以此摄取蕴含在松露里的蛋白质。这样的吃法，不啻暴殄天物呢！

当法国松露和意大利松露在饮食界引领风骚时，伊斯特拉半岛出土的松露却还是寂寂无闻的。一直到了1999年，有个名字唤作吉安卡里奥·齐根泰（Giancario Zigante）的人，挖掘到一个重达三磅的白松露，创下了"吉尼斯世界之最"的纪录，伊斯特拉半岛的松露才扬眉吐气，声名鹊起。如今，这人已经成了克罗地亚发展松露副产品赫赫有名的大企业家了。

在莫托文，到遐迩闻名的盟酒馆（Mondo Konoba）去用餐，哎哟，整份菜单，全都是松露哪！松露鳕鱼、松露刺身、松露牛扒、松露猪扒、松露饺子、松露煎蛋、松露素菜、松露海鲜饭、松露意大利面、松露馅饼等等。

在侍应生的推荐下，我们点了牛扒、刺身、煎蛋、意大利面。

有人曾把价昂的松露比喻为黄金和钻石，根据过去用餐的经验，盘里一丁点儿的松露，都是以一种睥睨众生的方式傲然坐在食材上面的。然而，在莫托文，原本"阳春白雪"的松露，此刻，却像"下里巴人"似的占据了整个盘子。这些未经烹煮的松露，刨成了一片片，薄薄的，像褐色的雪花，层层叠叠地堆在食物上面，真叫我看傻了眼。松露，既是主角，也是配角，既是主食，也是调味品。对于任何饕餮来说，这都是一种难得的奢侈经验。

松露，是必须在很静很静的情况下品尝的。

嘴巴安静，心境也得宁静。

松露最吸引我的，是那种不事修饰的原始香气。那个香气啊，不是"轰"的一声在口腔里鲁鲁莽莽地爆开的，它夹带着那股天生的嚣张气息入口后，蓬蓬松松的香气，便在舌面上像蓓蕾般，一瓣一瓣千娇百媚地绽开，绵密而又丰富、绵长而又深邃，有着非常精致而又细致的层次感，精彩绝伦。说真的，有时吞咽得太快，都觉得是对松露的亵渎与不敬呢！

餐后，来一客松露冰激凌。上桌时，松露踪影不见，原来它已经完完全全地和冰激凌合为一体了。掺入了松露的味儿，润泽香甜的冰激凌就有了灵魂，那种芳香，是覆盖式的，也是歼灭式的，就像是味蕾狠狠地刮过了一阵旋风。事后，和一位朋友谈起，她睁大双眼，说："松露冰激凌？哎呀，味儿那么腥、那么怪，亏你吃得下！"唉，真是甲之糖霜、乙之砒霜呀！

我也尝了松露奶酪。细细碎碎的松露，黑黑褐褐地嵌镶在金碧辉煌的奶酪里，不甚雅观。原本味道浓烈的奶酪，碰上了飞扬跋扈的松露，萎蔫地败下阵来，整块奶酪，都沦陷在松露的气息里，尖锐撩人的香气恣意在舌尖上兴风作浪，个性彰显。

迄今，在名气上，伊斯特拉半岛的松露依然远逊于法国和意大利，可是，它多元化的松露产品，却紧紧地攫住了世人的注意力，使莫托文这个美丽幽静的中古小镇不折不扣地成了"松露桃源"。

漫步于莫托文古色古香的大街上，每家商店，都毫不含蓄而又毫不含糊地以松露的香气招徕顾客。

松露橄榄油、松露巧克力、松露饼干、松露蛋糕、松露蜂蜜、松露调味盐、松露果酱、松露辣酱，甜的、咸的、固体的、液状的，林林总总，应有尽有。

我买了一大块松露奶酪，漫不经心地把它丢进行李箱里。

回家后，箱子一开启，松露那渗透力极强的气味便扑鼻而来。哎哟，我的衣服，连同在古镇莫托文的记忆，全都被这一大块松露奶酪熏得香气氤氲……

白色、白色、白色。

墙壁、天花板、展示橱柜，通通都是白色的。不过，不是那种有气没力、阴森病态的苍白，而是生气勃勃、明朗耀目的洁白。

展示于博物馆的，全都是日常生活惯见的物品，包括：烘面包机、照片、影碟、音乐盒、法庭传票、情书、纸牌、足球、温度计、漫画书、帽子、手套、运动衫、电子游戏机、药碗、杂志、钥匙、手表、吉他、相册、日记、水瓶等等。

然而，这些稀松平常的东西，却吸引了世界各地的人不远千里地前来购票观赏，原因是每一件展品都蕴藏着一个令人心碎的真实故事，更明确地说，这家独树一帜的"失恋博物馆"（Museum of Broken Relationships）所展示的，是各类"感情的遗物"。

克罗地亚艺术工作者维斯蒂卡（Olinka Vistica）和格鲁比希奇（Drazen Grubisic），原是情侣，相恋四年，分手告终。维斯蒂卡在与这段恋情诀别之后，面对着一堆堆感情的遗物，被一段段撕扯成片的记忆苦苦纠缠，正不堪折磨之际，一个奇特而又新颖的念头突然冒现——她想创办一家博物馆。她认为"展示即释放"，让情逝者把最具代表性的信物连同写好的故事一起捐赠出来，赤裸裸地将阴暗的内心世界展示于人前，有助于跳出痛苦的旋涡、摆脱痛苦的桎梏，而"展示即释放"这样的心情展览，对于其他尚未"悟道"的人来说，也是一种睿智的启示。

2006年，这家以收集心碎记忆为主题的博物馆，正式成立于克罗地亚的首都萨格勒布（Zagreb）。

根据管理员透露：该博物馆迄今已收到千余件捐赠品，也收集到千余份碎裂的心情。然而，由于受到展览场地的局限，只能展出寥寥百余个故事，其他的展品，则运到国外（包括欧洲、北美洲、亚洲和非洲等地的20多个国家），进行多次脍炙人口的巡回展出。

在博物馆里，每件盛载着悲苦记忆的展品，都附上捐赠者自撰的真实故事，以克罗地亚文和英文呈献。

尽管他们当中曾经有过深入骨髓的伤痛、有过歇斯底里的崩溃、有过诅天咒地的愤怒，可是，在捐出信物、坦陈往事的今日，他们都走出了昔日的阴霾，让伤痛化成烟云。

在博物馆里细读一则则来自世界各地的情伤故事时，我仿佛在浏览一部"感情的百科全书"。有者幽默，跌倒后含泪自嘲；有者理智，化悲伤为力量；有者无奈，埋怨造化弄人；有者欢喜，庆幸自己逃离厄运。

说说几则让我印象深刻的故事。

"骰子"（克罗地亚）：

"我们相恋七年后，小三出现了，她的名字是赌博。他坚定承诺会离开她，但是，27年过去了，他没有。今天，我已难以确定，当初提出分手是因为赌博呢，还是双方感情逐渐磨损，不过，我们迄今还是朋友。"

"一张明信片"（亚美尼亚）：

"我是一位来自亚美尼亚的七旬老妇，这张明信片，是很久很久以前，邻居一位少年偷偷塞进我家门缝的。我们暗地里相恋，已经三年了。他的双亲遵循亚美尼亚的传统，上门提亲，可是，我的父母却认为他配不上我，断然拒绝。他们带着绝顶失望的破碎心情离去。当天晚上，深爱着我的那名少年，驾着车子冲下悬崖自杀了……"

"一个香槟软木塞"（英国）：

"我原定 2011 年 8 月 6 日结婚，但婚宴举行前六个月，我赫然发现未婚夫背叛了我。我于是开了香槟，庆祝自己逃脱了一生的厄运。这个软木塞，就是当时留下的。"

"一块瓷砖"（美国）：

"共结连理 18 年后，我丈夫竟然和一名 26 岁的同事私奔了。我到墨西哥去，烧铸了一块瓷砖。这块美丽的瓷砖每天都提醒着我：有个烂情人倒不如保持单身。从那时起，我独力抚养两个儿子，还在时间的夹缝里考取了硕士学位。现在，捐出这块瓷砖，是想借此告诉世人，在情伤时，与其浸在苦海里自我折磨，倒不如好好地发展个人的能力和魅力。"

"史努比绒毛狗"（荷兰）：

"他在我 17 岁生日时送了我这只绒毛狗。我们相恋，并在 1981 年结合。30 年后，我们有了三个儿子、一所房子。他爱上了另外一个女人，他说他 30 年来从来没有爱过我。我不懂，我真的不懂。他令我心碎。"

"一件结婚礼服"（克罗地亚）：

"他只会空口说白话，很少付诸行动。他花越来越多时间说话，却越来越少时间行动。我付清了所有的款项，包括婚纱和银行贷款，然后，带着尊严，离去。"

精彩的例子，不胜枚举。

我发现，这些故事，每一则都能够很好地铺陈为动人心弦的写实小说。

克罗地亚这所别开生面的"失恋博物馆"，除了展示失恋者所捐赠的各种爱情信物外，也有许多物品是由父母或孩子捐出，借以缅怀两代隽永亲情的。

在我读过的无数则小故事当中，特别触动人心的，有以下几则：

"擀面杖"（英国）：

"六岁时，妈妈便离开了我，周遭的人在我面前都刻意回避有关妈妈的话题，所以，她留给我的记忆不多。对我而言，那根擀面杖，不啻拱璧，因为它能让我记住那些和妈妈在厨房共做姜饼的美好时光。深刻的记忆，能唤起真实的感觉，包括厨房的味道、妈妈的味道、欢喜的味道。2010 年，我和妈妈重逢了，无疑的，这将我从痛苦的过去释放了出来。现在，把这个擀面杖捐出来，意味着我在精神上已不需要再仰赖它了。"

"晒衣夹子"（爱尔兰）：

"我的新房子装修完毕后，妈妈搬来同住。第四天晚上，她心脏病暴发，猝然辞世。葬礼过后，我发现她在厨房里留下了一包晒衣夹子，夹子上还残留着她十指的气息。"

"两尊小雕像"（爱尔兰）：

"20 世纪 80 年代初期，我一直惨惨地活在丈夫家暴的阴影中。为了两个孩子的安全着想，我在一个冬夜，带了她们，偷偷逃离英国，坐船前往爱尔兰，除了身上的衣服，什么都没带。饶具讽刺的是，我的长女难以接受'抛弃父亲'的这个事实，终日显得焦躁不安。几年后，我们生活渐趋稳定，我买了两尊小雕像，它们就代表着我两个可爱的女儿。女儿们现在都已 30 多岁了。我丈夫从来就不曾改过他的臭脾气，可是，他一直和女儿们保持着很好的联系，我的长女，就特别喜欢给她爹写信。"

"瓷器青蛙"（美国）：

"我三岁时，妈妈就离开了，这是她给我的为数不多的圣诞礼物之一。"

"旧铁丝网"（克罗地亚）：

"父亲是一名拾荒者，有一回，他把拾获的铁丝网存放在我的车库里，这是他唯一留下的东西。他没有克尽父责，从来就不曾照顾过我们兄弟姐妹。2007 年，他与母亲离婚后，我再也没有和他说过话。现在，捐出这些能刺伤人的铁丝网，是因为我再也不要感觉自己是个缺乏父爱的可怜无助的女孩。"

我最喜欢的展览品，是一件写着"LOVE"的红色 T 恤，中国台湾这位捐赠者，把父亲写给他的信公开了：

"孩子，人的一生，无论在感情上还是事业上，都会遇到很多挫折与难关，我们必须勇敢地去面对与克服。感情的事，没有先来后到之分，一旦缘分到了，该是你的，怎么跑也跑不掉；若不是你的，怎么强求，她的心也不会在你身上。希望你能放宽心情，将情感转为祝福，让她去追求属于她未来的幸福吧！是她辜负了你，表示你们的缘分到此为止。希望你化痛苦为动力，整理好心情再出发。未来的道路很漫长，有缘人还在路上等着你。加油吧，孩子！"

宽厚的爸爸劝情伤的孩子豁达地放手、虔诚地祝福。宽容和接纳，其实正是自重与自宠的方式，以这样的方式埋葬死去的恋情，正符合了维斯蒂卡设立博物馆的宗旨。

克罗地亚的"失恋博物馆"，为感情的遗物提供了一个祭台，也为已经死亡的激情找到了一个安息的地方。它让我们深切地了解，两情相悦而未能修成正果，就应该自求多福。走出感情的死胡同，阳光无处不在。这家别出心裁的博物馆，成了许多人宣泄情感的良好渠道，也治疗了许多曾经破碎的心灵。更明确地说，它给所有破碎的心提供了一个温暖的家。

2011年，它赢得了"欧洲最有创意博物馆"的奖项；又在2014年被《旅者咨询》选为"优秀博物馆"。

它名不虚传。

酒是有知觉的

一眼望过去，在微风里翻腾着的绿浪活泼而又温柔。这浩瀚无边的葡萄园，罩在明媚的阳光里，使得连落在地上那斑斑驳驳的影子，也显得精神抖擞。

科尔丘拉（Korcula）这岛屿，位于克罗地亚最南端，拥有悠久的酿酒历史。远在公元五世纪初，希腊殖民者便在海岸沿线及大小岛屿广植葡萄。由于土壤肥沃、阳光充沛，葡萄收成好、质地佳，这儿因此成了酿酒天堂，家庭酒坊星罗棋布。

维娜芮佳（Vinarija）酿酒坊在当地是颇具名气的，获奖无数。东主波吕斯自豪地表示，酿酒是祖传事业，已有 300 余年历史了。他所拥有的四万余株葡萄树，散植于科尔丘拉岛 38 个不同的地方，雇用了十多名员工照顾。他笑着说：单单驱车到各个种植点去视察葡萄的生长，便大费周章了。我好奇地问道："为什么不集中在一起种植呢？"他说，"哎呀，如果其中一块地因为虫害或其他因素而蒙受损失，我还有另外 37 块地呀！"言之成理。

他所种植的葡萄，有七大品种，每种都有自己独特的味道。即使是同一株葡萄，味儿也不同。比如说，山坡上的葡萄，有些向阳，有些背阳，那些沐浴在阳光里的，硕大甜美，酿成酒后，味儿当然也比较好啦！

谈及喝酒的习俗，波吕斯侃侃说道：

"酒是有知觉的，啜饮葡萄酒，品尝的不是饮料，而是心情。亚洲各国酒价昂贵，人们抱持庄重的心情喝酒，这种心情当然也影响了酒，使它变得紧张兮兮的，无法把自己的魅力完全展现出来。在欧洲呢，酒价较为低廉，人们喝酒时，心情轻松自在，酒也变得无羁自如，香气当然也就能释放得淋漓尽致了。"

喝葡萄酒而兑入水分，一般是不被接受的；然而，对此，波吕斯却持有不同的看法：

"我们酿酒的技艺，是古希腊人流传下来的，而以水掺葡萄酒，也是他们留给我们的生活智慧。务农人家在耕作时，往往挥汗如雨，口渴若狂，所以，他们总随身携带酒瓶和水瓶，以水兑酒，随掺随喝。喝了以后，干起农活，更为起劲。"顿了顿，又说，"不过呢，我们只用质地较低的葡萄酒兑水来喝，质地好的，当然只能纯饮啰！"

克罗地亚生活水平低，酒价廉宜。在维娜芮佳酿酒坊，最便宜者，750公升一瓶才卖25库纳（折合新币5元），比较贵的，也只不过250库纳（折合新币50元）而已。可我注意到一种350公升的甜酒，售价居然高达400库纳（折合新币80元）！

他慢条斯理地说：

"这是科尔丘拉岛的特产，需要采用一种颗粒特别大、味儿特别甜的葡萄来酿制，1公斤甜酒，必须用上15公斤葡萄，工序非常繁琐。酿好的酒，喝起来是有层次、有深度的；喝后回甘，余韵绵长。收在家里，酒味百年不变；而开瓶之后，也保证50年不坏。今年，雨量过多，葡萄质地不符合我的要求，所以，这种甜酒，我一瓶也没酿。"

嘿，这人是抱着"宁为玉碎，不为瓦全"的哲学来酿酒的哪！

店里四面墙壁挂满了奖状，我凑上前去细细地看，他耸耸肩，毫不在乎地说道：

"这些奖状，其实只代表了几名法国评判的看法，不能说明什么。酒好不好，我心中自有一把尺。如何酿制出一年比一年更好的酒，才是我最大的目标和挑战。"

这人，不为奖项而活，奖状却源源而来。

原因只有一个。

他痴爱他所从事的行业，全情投入，而酒，是有知觉的，它懂得报恩。

惊艳与惊悸

在隔了 20 多年后的今天，重访这个当年曾使我惊艳与惊悸的城市杜布罗夫尼克（Dubrovnik），真是百感交集。

1991 年，我到南斯拉夫旅行。

来到了这个被誉为"亚得里亚海之珠"，被联合国教科文组织列为"世界文化遗产"的千年古城杜布罗夫尼克，双眸霎时变成了熠熠生光的惊叹号，整个人，愣了，呆了。

建于 14 世纪的旧城，被一堵像月光般温柔的白色城墙围绕着，站在高处俯瞰，红瓦屋顶、石砌屋身、石板路、窄胡同、哥特式与巴洛克式风格的房屋星罗棋布，活脱脱是个童话世界。

然而，当时，这个童话世界却像是一只面对枪口而又无处可逃的兔子，惊惧不安。

每天回返民宿时，都看到房东和访客神情凝重地讨论日益吃紧的局势，当时，古城所在的克罗地亚，闹着要脱离南斯拉夫而独立。种族与宗教的多元化、政治结构的复杂、经济发展的不稳定，都是双方分裂的潜在因素，整个国家，笼罩在内战一触即发的阴影里。我和日胜见势不对，当机立断，缩短行程，于 6 月 15 日飞返新加坡。6 月 26 日，克罗地亚宣布独立，机场关闭，整个南斯拉夫陷入内战的混乱中。

谈起当年的内战，古城居民感触至深。他们表示，尽管北方硝烟四起，可是，没有人想到烽火竟然会延及南方位于爱琴海畔这个美丽绝顶的历史古城。可当北方越来越多难民涌入古城并颤抖哭诉战争的种种暴行时，古城居民开始惶恐不安了。同年 10 月，居民被附近山头的爆炸声惊醒，第一波猛烈的攻击拉开了序幕，山头巨型的十字架和通讯塔被炸毁了（现已重建）。紧接着，炸弹不断投入新城区，有 70% 的建筑被炸得轰然倒下。南斯拉夫进行密集式的轰炸，是希望杜布罗夫尼克人能弃城而逃，但是，居民坚守不退。许多年轻的勇士背着古老的猎枪，在夜色的掩护下攀上山头，和南斯拉夫受过严格训练的士兵决一死战。死伤者数以千计，流离失所者多达数万人。

根据分析，当年南斯拉夫对杜布罗夫尼克发动如此凌厉的攻击，原因有二。

其一，它位于克罗地亚极南端，攻下了它，就等于在南部找到一个作战的根据点。

其二，南斯拉夫想要狠狠重创克罗地亚的旅游心脏区，因为旅游业是一个国家的经济命脉，而充满魅力的千年白色古城，正是克罗地亚最引以为傲的旅游热点。

事后，据古城居民分析，当南斯拉夫决定集中火力攻击这个古城时，便已注定了战败的命运。因为啊，古城是属于历史的，而历史是属于全人类的，它不应被视为某个特定国家的固定资产，大家都有保护它的义务。当有国家恣意破坏历史、摧毁全人类的瑰宝时，便会引起国际的高度关注和舆论界的口诛笔伐了。

战火持续了八个月，顽强抵抗的克罗地亚取得了最终的胜利。

战争，曾使克罗地亚的旅游业严重受挫，现在，重访杜布罗夫尼克，已经找不到战争残留的明显痕迹了——被炸毁的建筑，已经重建，被破坏的地方，已经修复，而古城最引人注目的，是幢幢房屋那色泽迥然而异的屋顶——旧有的瓦片，经过岁月的熏陶，红得沉深、红得大气，像个入定冥思的禅师，而新修的瓦片呢，却红得鲜亮、红得艳丽，有一种不谙世事的兴高采烈。这些差异，就像永远不褪的疤痕，时时刻刻提醒着当地人战火的可怕，也让他们孕育出必要的危机感。

如今的杜布罗夫尼克古城，依然处处使人惊艳，但是，它会再度让人惊悸吗？

这是一个找不到答案的问题。

十六湖公园

关于十六湖公园（Plitvice Lakes），有一个传说。

有一年，在普立特维采（Plitvice）这地区，连续好几个月发生罕见的旱灾，河与井，全都干涸了，庄稼歉收、牲畜渴死，百姓叫苦连天。天神出巡时，百姓苦苦哀求天降甘霖。天神怜悯芸芸苍生受苦无边，遂回应祈求。不久，雷声大作，狂风猛掀，大雨倾盆而下，一连下了几周，最后，在地面上形成了 16 个湖泊……

坦白说，这种平淡得好像白开水一样的故事，是没啥魅力的。但是，毋庸置疑的，在迤迤逦逦的茂密群山里，16 个不问世事的湖泊，像糖葫芦一样，被一道一道蜿蜿蜒蜒的木桥串连起来，却着着实实是克罗地亚的一大奇观。

克罗地亚像是一个爱哭的女子，在我们抵达之前，已经没完没了地哭了几天几夜，我们抵达之后，它还是持续不断地哭，哭哭哭，足可媲美哭倒长城的孟姜女。我心想，如此不分日夜地哭，不知道会不会哭出几个新的湖泊来？

出发观景的那个早上，阴阴冷冷的雨，依旧绵绵长长的。由于久雨不晴，多个湖泊积水泛滥，已有一部分公园暂时关闭，谢绝游人了。

我们冒雨前去，当沿着狭窄的湖畔行走时，我惊异地发现，除了我们一家四口之外，周遭阒无一人。

连日以来像子弹般四处狂扫的大雨，触怒了原本老僧入定般的湖泊，它一反常态地变得怒气冲天，浪涛滚滚。走着走着，湖水渐渐淹至脚踝，最为可怕的是，在地势较低的地方，那一道一道连接着湖泊的桥梁，已被暴怒的湖水漫过，只阴险诡谲地露出一个隐隐约约的轮廓。我们没有退路，只能硬着头皮向前走，倘若看不清楚桥梁所在而失足跌进水流湍急的湖泊里，后果着实不堪设想！

坦白说吧，在开始的一个时辰里，我们全力和那愤怒的湖水相抗衡，且行且惊，根本无法好好欣赏那绝世美景。后来，雨势渐小，地势渐高，湖与桥，泾渭分明，安全已不是问题，我们的注意力，才转移到湖景的观赏。

长达十公里而处于喀斯特地貌区的十六湖，水中含有石灰岩等大量矿物质，如水晶般清澈的湖水，呈现着蓝绿交织那种娇艳到了极致的色泽。时值秋天，满山的树，我行我素地绿着、黄着、红着、褐着，翡翠、黄金、珊瑚、琥珀纷纷掉进了湖水里，形成了一个五彩斑斓的世界，那种童话般的绚丽，简直叫人目瞪口呆！

十六湖公园的另一个大魅力是瀑布。

大大小小的瀑布、不计其数的瀑布，这里那里地飞泻而下。它们并不像"语不惊人死不休"的"惊叹号"，它们像的是一条条竖立着的"破折号"，从容、淡定、含蓄、欲语还休，别有一种小家碧玉的柔美恬静。这些前前后后左左右右宛若水帘一样悬挂四处的瀑布，快快乐乐地吟唱着一阕阕小调，尽情而又随性，满山满谷都是温柔的回响。

我在湖光山色里，踩着"歌声"品尝秋味，心里满满都是幸福。

回国后，朋友问：

"克罗地亚的十六湖公园美吗？"

坦白说吧，在我记忆之库里，十六湖公园是一个蜜糖与黄连相混合的奇异体。因为在雨季去那儿观景，是潜伏着一定的危险性的。当地许多旅行社都在暴雨连绵时当机立断地取消行程。然而，自助旅者如我们，一无所知，所以，受了无谓的惊吓。

不过呢，话说回来，惊吓归惊吓，到克罗地亚去而不逛十六湖公园，肯定有入宝山而空手归的遗憾！

◎ 斯洛文尼亚

亮一盏灯于脸上

在斯洛文尼亚的首府卢布尔雅那（Ljubljana），我们参加了当地的徒步观光团（Walking Tour）。

天空有心事，阴暗、沉重，参加者只有寥寥三个人，除了我和日胜之外，还有一个年轻的俄罗斯女子桑娜。

三十开外的导游维尼亚，像个活泼的音符，浑身是劲。来到了遐迩闻名的普雷舍伦广场（Preseren Square）时，她指着那尊貌似沉思的青铜雕像，以满溢感情的语调说道：

"他是斯洛文尼亚最伟大的诗人弗朗茨·普雷舍伦（France Preseren）。这个广场，便是以他的名字命名的。他出身于农家，在田野中长大，浑身沾满了泥土的朴实气息。成长后，到维也纳上大学，修读哲学和法律。先天的浪漫个性和后天逻辑思维的训练，在他的诗作里糅合交织，形成了一种独树一帜的风格。他以纯朴真挚的语言和炽热奔放的感情，抒写人民对自由的渴望、对光明的憧憬，感染力很强。"

说着，维尼亚用当地语言朗诵了普雷舍伦的一首诗，她铿铿锵锵的声音化成了耳边一支悦耳的歌曲，我们听得如痴如醉。这时，霏霏细雨轻轻飘落，若有若无的雨丝，像松鼠尾巴的尖梢，轻轻地拂着我们的脸。我们没有撑开手中的雨伞，因为雨中听诗的感觉实在太浪漫了呀！天气阴霾，可我们每个人脸上都亮着一盏灯。

吟诵完毕，维尼亚微笑地说道：

"刚才，我吟诵的，其实是我们的国歌。"

国歌？它和诗人有啥关系呢？我狐疑地看着她。

她解开谜团：

"斯洛文尼亚在 1991 年脱离南斯拉夫独立后，有关方面便采用了普雷舍伦一首长诗的其中一节作为国歌。"

普雷舍伦于 1849 年 2 月 8 日撒手尘寰，享年 49 岁。如今，他的忌日已成了国家的文化节日，被称为"普雷舍伦日"。

维尼亚指着诗人后方那尊高高的女神塑像，以神秘的语调说道：

"这尊女神手上持着的，是月桂树枝，象征着普雷舍伦为文学所做出的巨大贡献，然而，19 世纪当这尊女神塑像在广场竖立时，却掀起了轩然大波。"

维尼亚的话，像一根钓竿，把大家的好奇心高高地勾起了。

"你们看，女神的上身是赤裸的，在当时封闭的社会里，这是被视为有伤风化的。雪上加霜的是，女神塑像正正地对着庄严的教堂，卫道之士认为这是对宗教的亵渎。群情汹涌，最后，大家一致决定，把一件衣服披在塑像上，使她成为一个衣冠楚楚的女神。"

我们都忍俊不禁。接着，她语调转为沉重：

"为雕塑师充当裸体模特儿的那个年轻女子可就惨啰，她在民风保守的社会里成为众矢之的，大家口诛笔伐，铺天盖地的口沫，差点把她淹死了。不得已，她只好黯然离乡，移居美国。40 岁那年，悒悒病逝。"顿了顿，又说，

"这女子，是我家的祖辈。"

大家齐声叹息。

徒步观光结束后，我们偕同俄罗斯女子桑娜到一家小食店共享午餐。

我对桑娜说道："维尼亚真是一个很棒的解说员啊！"桑娜点头应道："是啊，我参加同样的徒步观光团，已经五次了，这次最为精彩。那尊普雷舍伦雕像，简直就被她说活了呀！"我诧异地问道："同样的景致，你干吗要看五次呢？"她老老实实地说："为了学习啊！"

原来桑娜也是导游，她自莫斯科远嫁到斯洛文尼亚，学会了当地语言，便当上了导游，专带俄罗斯游客。

"以前，我以为只要懂得了当地的历史地理，便能照本宣科，然而，那样的讲解，是没有色泽、没有釉彩的，是冷冰冰、干巴巴的，我在游客的脸上看不到任何的喜悦和感动。所以，现在一有时间、一有机会，我便向其他的导游取经。"

实际上，导游和教师的工作性质是相同的。

在传授知识的当儿，两者所共同面对的挑战是：如何在对方的脸上亮起一盏灯，使之分分秒秒都绽放着璀璨的亮光。

湖的故事

　　知道我即将动身到斯洛文尼亚去，一位萍水相逢的背包客丝妮雅双目熠熠生辉地说：

　　"你一定得到布莱德湖去玩！这湖，水质清澈得叫人吃惊。湖畔绿幽幽的树、山巅白皑皑的雪，冰清玉洁地倒映在湖面上。湖外一个景、湖内一个景。湖外的景安静、湖内的景安恬。湖中心有一所造型奇特的教堂，每隔一段时间敲一次钟，悠悠的钟声铺满了辽阔的湖面，船只轻巧地行走于钟声上，天鹅轻柔地咀嚼着不绝如缕的钟声，那种安恬到了极致的感觉，一生难得几回有！"

　　来自英国的丝妮雅，大学主修的是文学，说起话来韵味无穷。那个位于阿尔卑斯山麓的布莱德湖，经她有滋有味地加以描绘后，立马化成了一个钩子，勾得我心猿意马。

　　到了斯洛文尼亚，驱车上山，逛游布莱德城堡。

　　站在这个美轮美奂的中世纪古堡上，心跳如鼓地伸头俯瞰布莱德湖。然而，左看、右看，仔仔细细地看，却全然感受不到一丝半点牵动人心的美丽。

　　湖，规规矩矩的，波澜不起、意趣全无。那所肃穆的教堂，呆板无趣地坐在湖中心。树林沉重的绿色凝结成团。最糟的是，蓊蓊郁郁的树林后面，一幢幢现代化的高楼大厦星罗棋布，那一种虽然耳闻不着但却确实存在的喧嚣，如乱飞细雨，点点滴滴地落入了湖中，连湖也变得嘈杂了、变得面目可憎了。

我在心里暗暗叹息，这样粗糙的景致，居然能让丝妮亚神魂颠倒！也许，风尘仆仆的她很少停住脚步欣赏美景，偶尔有山有水，她便惊艳不已了。

在布莱德古堡逛累了，驱车下山。

到那家历史悠久的布莱德别墅宾馆（Vila Bled）喝下午茶，宾馆正正地对着布莱德湖，才一坐下，我便大大地愣住了。

眼前的布莱德湖，娇柔万状地被群山和森林结实有力地环抱着，湖水澄净明澈宛若极品水晶。湖外，庞大的山脉向四处延伸，远远近近那座座缥缈而又坚实的山，重叠成绵延无尽而又扑朔迷离的幻影。周遭群树茂盛如林，树叶香气缓缓游走如薄雾。湖内，山巅的白雪浪漫地镶着夕阳华丽的金黄，墨绿的树叶熠熠地闪着生命的亮泽，而天上忽浓忽淡的白云啊，就在湖中恣意地飘来飘去。

啊，湖外一个世界、湖内一个世界。

坐在咫尺之遥的距离里，我清清楚楚地听到了发自布莱德湖那静谧的声音——不是万籁俱寂的死静，而是从市嚣那纷繁的"交响乐"里逃出来的一个"静音"，是让整颗心沉淀、让整个人松懈的一种宁静。

正陶醉着时，湖心岛那一所小巧玲珑的教堂，忽然传来了跌宕有致的钟声。说它跌宕有致，是因为钟声里饱饱地蕴含着丰富的感情。根据传说，16世纪有一对恩爱夫妻定居于此，相濡以沫。后来，丈夫应征入伍抵御入侵强敌，不幸战死沙场。肝肠寸断的妻子变卖家产，铸了一口大钟，捐给湖心岛教堂以寄托哀思，也借此向所有誓死保家卫国的人致敬。然而，大钟运往教堂那天，狂风起、大浪掀，船只翻覆，大钟坠落湖底。自此之后，湖底便不断地传出缠缠绵绵的钟声了。尽管此刻连绵不绝地落入耳际的钟声确确实实是由湖心岛发出来的，然而，人们却还是一厢情愿地相信它是传自幽深的湖底的。

这个布莱德湖啊，在山上俯瞰是一种面貌，近距离观赏却是截然不同的另一种面貌。

人生，看景致的角度是有多个的；囿于一个角度，难免一叶障目。

尤今小语系列图书推荐

《倾听呼吸的声音：回首岁月，种一株快乐的树》

尤今◎著　海天出版社　定价：32.00元

本书分为两篇：

上篇"回首岁月"主要介绍了尤今对于父母等长辈的哀思、感恩之情；

下篇"种一株快乐的树"主要介绍了尤今对于子女教育的一些期望和一点体会。平实处见真情、平凡处见温情。

《清风徐来：在门外挂串风铃，叮叮咚咚》

尤今◎著　海天出版社　定价：32.00元

本书分为四篇：

第一篇"石头很快乐"和第二篇"在门外挂串风铃"主要介绍了一些小故事以及尤今从中得出生活的感悟；第三篇"纸盒里的爱"主要探讨了爱情与婚姻的一点启示；第四篇"人生如文学"则是作者从文学创作的角度谈处世的哲理。

《把自己放进汤里：欢喜的豆花，抑郁的茄子》

尤今◎著　海天出版社　定价：32.00元

这是一本关于美食的散文集，全书通过对于各种美食的描写，揭示出浓浓的亲情、乡情以及言简意赅的做人道理。欢喜的豆花、抑郁的茄子……只要你细细咀嚼，就会发现：每种食物都蕴含着深入浅出的人生哲学。

《走路的云：用脚步丈量世界，品味生命》

尤今◎著　海天出版社　定价：32.00元

本书是新加坡著名作家尤今的旅行散文集，主要介绍了作者环游世界的一些见闻和感悟，其中重点介绍了在巴基斯坦与伊朗旅行的故事和感悟。以旅行来感受生命，以异域文明来观照中华文明。

作者简介

尤今，新加坡著名女作家，南洋大学中文系荣誉学士。曾先后任职于新加坡国家图书馆、报界，也曾执教于中学和初级学院。现在专事写作，已出版小说、散文集、游记180余部。作品每年都被新加坡多所学校选为课外辅助读本，也入选了中国的中小学教材和课外读物。

"林清玄小语"图书推荐

《匠士之道，平淡自有滋味：林清玄小语（上）》

作者：林清玄（著），老树（绘）

出版社：海天出版社　　出版时间：2016.12

定价：39.80元

内容简介：

　　人生一世，即便是轰轰烈烈、几度辉煌，平淡才是最后的归唱"。本书以"情"为主题，精选了林清玄讲述爱情、亲情、乡世情的文章，内容充分体现了"以清净心看世界，以欢喜心过生活，以平常心生情味"。

《心有沉香，不畏浮世：林清玄小语（下）》

作者：林清玄（著），老树（绘）

出版社：海天出版社　　出版时间：2016.12

定价：39.80元

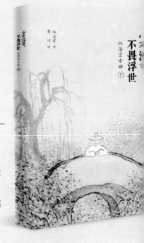

内容简介：

　　浮世是水，俗木随欲望水波流荡，无所定止。沉香是定石，在水中一样沉静，一样的香。一个人内心如果有了沉香，便能不畏惧浮世。本书以"禅"为主题，所选文章将文学与禅理相结合，东方美学理念和佛教哲学情怀融为一体，禅的机锋和日常生命感悟相融合，让人在平实的文字中感受深邃而朴实的佛理。

作者简介

　　林清玄，台湾高雄人，当代著名作家。30岁前获遍台湾各项文学大奖，文章多次入选中小学华语、大学语文选、高考语文试卷，作品风靡整个华人世界，被誉为"中国当代散文八大家"之一。

　　老树，新浪微博"老树画画"的博主，大学教授。20世纪80年代初自学绘画；2007年始，重操2011年7月25日开通新浪微博，是目前在网络上火遍华人圈的"现象级"画家。

尤今小语